傷口から人生。

メンヘラが就活して失敗したら生きるのが面白くなった

小 野 美 由 紀

幻冬舎文庫

傷口から人生。

メンヘラが就活して失敗したら生きるのが面白くなった

目次

プロローグ 6
要らないものを捨てる旅 11
ダサい自由、かっこいい自由 22
特別になりたい？ 28
魂の速度 35
私たちは再生する 46
その努力は誰のため？ 52
死ぬまでモラトリアム？ 56
毎日が休日だと思える仕事 62
他人のものさしに傷つかない方法 69
ネガティブはエネルギー 76
私はいかにして、自傷をやめたのか 85

六本木のまんこ　98
未解決人間　113
恋愛やくざのしっぺ返し　121
a part of crew　130
聖地にて　140
飲み会が嫌で嫌で仕方がない　154
母を殴る　160
不完全家族の履レキ書　178
「ひきこもり」の効能　189
恨みの代償　197
風呂なし生活のスゝメ　208
やりまんにならない勇気　215
「仕事」が分からない人に　219

プロローグ

大学3年生の冬のある日、面接の帰り、新宿駅のブックファーストで、おじいさんにナンパされた。

その時の私は、狭い本棚のあいだに突っ立ち、さっき面接を受けたばかりの出版社の本棚を、穴が開くほど見つめていたのだ。「受かった気がしない……」と思いながら。

そのおじいさんは当然のごとく「就活、がんばってる?」と聞いてくる。

私は銀座でホステスのアルバイトを続けながら、就活をしていたので、お店のお客さんか、それともどこかの面接で会ったおじさん社員かなあ、と思って、その人の顔をよーく、見た。

どこかで、見たことのある顔だ。

黒々とした瞳で、こちらの目を覗《のぞ》き込んでくる。

髪もひげも眉毛も伸び放題なのに、服だけはきちんとしている。

なんか、洞窟の中から出てきた仙人みたいだ。

変なじいさん。

「出版社を目指していて……」と言うと、「じゃあ、同業者だ」と言う。

作家で脚本家なのだと言う。本当かどうかは知らないが、私は素直なので、それを信じることにした。

どうりで、絶対にテレビか雑誌で見た顔。でも、誰かは分からない。

「あんた自身は？　何か書かないの？」と、じいさんは聞いてくる。

書く。

私なんかに、できるんだろうか。

「書く」ということは、バケツの水が溢《あふ》れ出すようなものだと思っていた。

人の中には、見えないバケツがある。人生の中で、何かが起こるたびに、一滴、一滴、見えないしずくがその中に溜《た》まって行く。その場で処理できない感情や、どうにか形にしなければ、いてもたってもいられないけれど、どうしても形にならないような、そんな出来事が起こった時、それが水滴となり、バケツの中に落ちてゆく。ぴちょんぴちょん。

表面張力ギリギリで最後の一滴がこぼれおちたとき、その水は溢れ出す。言葉の流れになって。そういうイメージを持っていたから、20年そこそこしか生きていない私の中には、まだ何も溜まっていなくて、内側はからからからなんじゃないかなぁ。

そうおじいさんに伝えたら、おじいさんは、

「わ、は、は」と笑ったあと、私の目をじっと見てこう言った。

まず、10枚でいいから、書きなさい。舞台を作るのに、最初から照明だの、大道具だの目指すヤツはいない。皆自分が役者になりたくて、でもなれないと分かって、それでも舞台に関わりたいからそういうのになるんだ。まずは自分に才能があるかどうか確かめて、だめだと分かってから、目指してみればいい」

と言った。

そう言われたって。何の肩書きもない、ただの20歳に、ものを書く自信なんてあるわけない。私なんかに、ものを書く資格なんてあるのだろうか。

そう言うと、そのじいさんは、さらに私の目をじいっと見つめてこう言った。

「いいかい？　自信っていうのは、ある日突然湧き出るもんじゃないんだよ。溜めるものなんだ。君は、言葉の溜まる見えないバケツがあると言ったね。自信も同じだよ」

溜める、ってどういうことだ。行動するってことだろうか。でも、行動するにしたって、自信が必要だ。それがないから、こうして本屋で青い顔をして、じっと棚を見つめたりしているのだ。

「なあに、大丈夫だ。やることは簡単だよ。ただ、イメージすればいいんだ。君の中に、バ

ケツがある。青くて綺麗なバケツだ。そこに、一滴ずつ、透明な、綺麗な水が溜まってゆく。一滴、一滴ね。それは、君にしか溜められない、特別な水だ。君はそれを眺める。朝起きて、服を着替え、歯を磨いて、学校へ行き、友達とおしゃべりをする。授業に出て、街を歩いて、男と飲んで、家に帰る。普通に生活している間にも、それは溜まってゆく。君はそれを感じるだけでいい。それが溜まってゆくのを、君は感じる。焦《あせ》らなくたっていい。何もしなくたっていいんだ。生きてたら、否が応でも、それは勝手に溜まってゆく。そうして、それがいっぱいになった時に、君はその一滴一滴が、なんであったか、理解するんだ。心配しなくていい。どんな人間にも、それが訪れる瞬間が、人生の中に、あるんだよ」

ふさふさした、眉毛の奥の鋭い目は、なんだか深くて、きらきらしていた。手をつっこめば、湧き上がるあたたかい水に、触れられそうだった。

おじいさんは、今、舞台を作っている最中で、音楽のことで関係者と揉《も》めて、行き詰まったからこうやって新宿に出てきて、女の子を気晴らしにナンパしているらしい。

二人で本屋の脇の椅子に座り、売れている作家の悪口を言ったり、「今の就活ってくだんないや」という話をした。

「良い女は、つれない男に気を揉むよりも、自分を一番必要として熱烈にアプローチしてくれる男の中から恋人を選びなさい」とおじいさんは言った。

それもなんだか、就活に関係、なきにしもあらずだな、とぼんやり思った。

ずっと話をしていたら、それこそ就活をやめてしまいそうな気がしたので、しばらくして、握手をして別れた。

3メートルほど歩いて振り返ると、そのじいさんはまるで本屋に吸い込まれるようにして消えていた。

不思議なじいさんだな、と思った。

その日の面接は、受かった気がしなかったけれど、それでもいいや、と思った。

あの時、からからだったバケツに水は溜まり、今、こうして本を書いているわけだけど、あのじいさんの面影は、バケツの底を覗くと、今も、うっすらと貼り付いている。

要らないものを捨てる旅

早朝のマドリッド。セントラルバスターミナルからのろのろと這《は》い出した長距離バスは、寝ぼけまなこの灰色の街を滑り抜け、郊外へと走りだす。大都市らしい街並みは、30分も経《た》てばぽつりぽつりと途切れ始め、1時間経った今ではもう、後ろ姿しか見えない。代わりに、だだっ広い荒れ野原が、私の両側をえんえんと伴走する。

大学4年生の9月。本来だったらもう、就職先も決まり、るんるんと卒業の準備を進めているはずのこの時期に、私はスペインにいた。

就職活動も、卒論も、なにもかもを放り出して。

話は半年前に遡《さかのぼ》る。

4月1日。当時の就活生なら誰もが内定に沸き立つこの日、東京丸の内の、とある巨大ビルの入り口で、私はアホみたいに突っ立っていた。身体《からだ》が突然、動かなくなって。

12時50分。午後イチの面接の10分前。

東京駅の構内から、大企業のエントランスへと続く何の変哲もないエスカレーターが、目の前で、ごうんごうんと音を立てて上がってゆく。これに乗れば、大理石の床が黒光りする、巨大なエントランスホールだ。もう何度も、面接やインターンで訪れた場所。私はそこで、サイボーグみたいな笑顔の受付嬢から「訪問者」の名札を受け取り、第一志望の会社の最終面接に向かう予定だった。なんの、迷いもためらいもなく。

しかし。

目前にして、私の足は突然、固められたようにぴくりとも動かなくなった。

(やばい。乗れない……)

去年の10月から着続けている、リクルートスーツの襟の隙間《すきま》を、夏でもないのにだらりと汗が伝う。

履き潰しかけた黒革のパンプスは、エスカレーターに乗る寸前、5センチ手前で接着剤で固着したように整列したまま動かない。

私の焦りをよそに、目の前で単調な動きを繰り返す、灰色のエスカレーター。後ろにはきっと、昼休み帰りの社員たちが、長蛇の列を作っているはずだ。ぴかぴかの社員証をさげた高級スーツの社員たちが、不機嫌そうな顔でこちらを見ているのを想像して、私はますます青くなった。

なんで動かないんだよ。どうしてだよ。あと3分で入館証もらうでしょ、最上階の面接会場まで3分でしょ。待合室でエントリーシートのコピーを見直して、トイレに行って身だしなみ整えて、完璧な笑顔を作るでしょ、そして人事が来るのを待つんだよなぁだから今動かなきゃ困るんだよだからさあ……!!

脳の中のパニックとは裏腹に、足はぴくりとも動かない。意識すればするほど、足と頭の神経がぶちぶちと途切れてゆく。エスカレーターの誰も載せない空《から》のステップが、私の焦る気持ちをよそに、するすると涼しい顔で上ってゆく。

この企業から内定をもらったと言ったら、一躍英雄になれるであろう（ただし、SNSで）、就活生憧れの、あのおしゃれなエントランスに向かって。

一秒、一秒と、タイムリミットが近づいてくる。焦りが頭の中で爆発しそうに煙を立てる。ああ、もう12時55分。ここで乗らないと、あの面接会場に辿《たど》りつけない。私の未来が詰まってる、あの場所へ。

私は身体をむりやりねじこむようにして、一歩前へと踏み出した。ねっとりと固まった股関節は虚《むな》しくも命令を無視し、思考とちぐはぐな右足のかかとは思いっきりステップを踏みはずして、私はエスカレーターの上に転倒した。

（恥ずかしい!!）

身体の痛みよりも、そっちのほうが先だった。みじめさが身体を燃やした。のろのろと起き上がり、ほこりだらけになったスカートを直すと、つま先から膝小僧まで、滑走路みたいにくっきりと美しいラインを描いてストッキングは見事に破れていた。

ああ、もう、なにもかもだめだ。

何も考えられなくなった私は、そのままUターンし迷路のような東京駅構内へと戻っていった。

あれだけ人が並んでいると思っていたエスカレーターの背後には、だーれも、いなかった。

私はこうして就活をやめた。パニック障害という、最悪の形で。

しかし私はこの時、なぜそうなったのか、自分では薄々分かっていたのだ。これが何の、しっぺ返しなのかも。

大学3年生の頃の私は、根拠のない自信に満ち溢れていた。一年間の交換留学、世界一周一人旅。NPOでのボランティア経験。面接で語れるエピソードなんて、山ほどあると思っていた。リーマンショックの前年、団塊世代の大量離職を控え、企業の採用活動はどこも就活バブルで沸いていた。一年早く就活をした、同じ学科の同期たちは、誰もかれも、華々しい就職先が決まっている。電通やＡＮＡ、外資系コンサル。私もきっと、同じ進路を辿る、はず。なんてったってＴＯＥＩＣ９５０点だし。留学だってしたし。有名企業でインターン、したし。就活なんて、ちょろい。

自分は無敵のエントリーシートを持っている。そう、信じて疑わなかった。

要するに、私は調子乗ってるだけの、ただのしょうもない就活生だったのだ。

しかし、就活中に出会った、とある女性の言葉が、私のうぬぼれに歯止めをかける。

その人は、第一志望の企業のインターンをやった時に、私の担当チューターだった人だった。そのインターンに合格すると、面接がスキップできるほか、チューターと呼ばれる人事の社員が学生一人一人に付き、就活のアドバイスをくれる。私は学生に人気のインターンに受かったことで鼻高々だった。

とりあえず感じよくして、志望動機は、後から考えよう。別に、やりたいことなんて、特にないけど。

しかし、私の担当になった人事の女性は、そんな私の驕《おご》った気持ちを見透かしたように、同じ質問を何度もぶつけてきた。

「小野さんは、本当は何がしたいのかな？」

別に、人事が就活生の面倒を見る義務なんてない。自分のところに必要ないと思えば、適当にお茶を濁して会わずにいれば良いだけだ。でも、その人事の女性は、何度も何度も面談に時間を割き、勤務時間後にも、カフェで私の話を聞いてくれた。今思えば、この女性に感謝するべきなのかもしれない。ただ、その時のエベレスト級に高い自尊心を抱えた私には、その女性の質問は、ただ、煩《わずら》わしいものでしかなかった。

何がしたいって？　そんなの分かるわけない。

とりあえずは、一番自分に合う、型が欲しいのだ。誰にもなめられないような、一流企業っていう、金ぴかの型が。そうすれば、誰も私のことを悪くなんか、言わないはず。

心のなかでそう思いつつも、私は同時に、得体の知れない不安が湧いてくるのを感じていた。その女性に会う度、私はだんだん、苦痛を覚えるようになった。

そうして迎えた4月1日、その企業の最終面接直前で、私の身体は動かなくなった。いや、その予兆はずっと前からあったのだ。就活を始めるずっと前から。ただ、ずっと無視していたのだ。「私はやれる」という、傲慢《ごうまん》さだけで。

どうやって、あの迷路みたいな東京駅構内を歩いて帰ったのか、覚えていない。ただただ、呼吸が上手《うま》くできずに苦しかったことだけは記憶している。帰ってすぐ、固いスーツのまま、布団に潜り込み、そのまま寝たことも。

次の日になっても私の身体は思うように動かなかった。その次の日も、その次の日も。またエスカレーターに乗れなかったらどうしよう。そう思うと、家から出るのすら、苦痛になった。

次の日も、次の日も、出かけるふりをしては電車に乗れず、家の近所をリクルートスーツのままうろついた。ふと、ぼんやり思った。リストラされたお父さんって、こんな気持ちなのかな。じゃあ今の私は、会社に入る前からリストラされてるようなもんだ。今の私っていったいなんだろう。なんのためにこれまでがんばってきたんだろう。

ある日の朝、居間に降りると、NHKの「おはよう日本」で、就職活動中にパニック障害を患い、それから7年間、外出できなくなった女性のニュースをやっていた。パジャマを着てぼーっと突っ立っている私がそのまま彼女と被《かぶ》った。テレビ画面の中では、モザイクをかけられた女性が、体育座りで部屋の隅にうずくまっている。彼女の形をした石が、自分のみぞおちにどすんと、詰まっているような気がした。

私も、この人みたいになるんだろうか。

携帯を見れば、友人たちから内定報告メールが次々と来る。SNSを開くと、「ご報告」と題した、内定先を報告する日記が並ぶ。どれにもこれにも、サクラ色の絵文字がたっぷりとちりばめられていた。自分の花道を、自分で祝うように。

穴に落ちるマリオは、落下する瞬間、自分がいた地上の世界をどんな気分で眺めるんだろう。

誰もが乗れるエスカレーターに、私だけ乗れない。

私の自尊心は、たったそのことだけで、簡単に、ぽっきりとへし折られた。たったこれだけ。でも、それすらも経験したことのなかった、私は本当に、甘ったれだ。

これからどうしたらいいんだろう。私、一生このままなんだろうか。でも、どうにかして生きる道を探さないといけない。

そんな時、なぜか私の心に、とある男性に言われた、一つの言葉が浮かんで来たのである。

金さんは40年以上前に来日し、東京大学で学んだのち、四万十川をメインに古今東西の聖地をフィールドワークしている初老の宗教学者だ。現在はソウル大学で教えている。

私と金さんは、イスラエルのエルサレムのバックパッカーズホステルで出会った。

ひげを伸ばし、よれよれの服を着たヒッピーみたいな姿からは、教鞭《きょうべん》を執る姿は全く想像できない。でも、金さん自身が世界中で見てきた出来事について熱心に語る彼の目には、エネルギッシュな知性がなみなみと溢れていた。その彼が、最も感銘を受けた場所が、スペインの「カミーノ・デ・サンティアゴ」だと言うのだ。

フランス南部からスペイン北西部にまで続くキリスト教の巡礼路「カミーノ・デ・サンティアゴ」。フランスのピレネー山脈の麓《ふもと》から始まり、キリスト教の三大聖地の一つである、スペイン北部の都市「サンティアゴ・デ・コンポステーラ」まで続く、いわばスペイン版お遍路だ。毎年3万人を超す巡礼者たちが、山や谷、生い茂る深い森、荒野を越え、全長850キロメートルもの長い道のりを歩く。金さんは20年前にそこを歩いて以来、すっかりその道に魅了され、もう四度もその道を歩いたと言っていた。

私は金さんに尋ねた。

「その道を歩いて、何を得たんですか?」

「得たんじゃないんです。捨てたんです」

彼は言った。

「何かを得るために、歩くんじゃないんです。ただ、失《な》くすんです。道というのは、すべて、そのための装置なんだ」

彼は続けた。

「人生と、旅の荷造りは同じです。いらない荷物をどんどん捨てて、最後の最後に残ったものだけが、その人自身になる。歩くこと、旅することは、その『いらないもの』と『どうしても捨てられないもの』を識別するための作業なんですよ。私の人生は残り長くてあと20年くらいだけど、その間にどれぐらい、いらないものを捨てられるかが、『自分が何者だったか』を決めるんです」


今の自分を捨ててしまいたい。

就活、パニック障害、くだらない虚栄心、役に立てられなかった学歴。

いらないものを抱え込み、ぱんぱんに膨らんで、身動きの取れなくなったこの自分を。いろんなパーツをくっつけすぎた、動けないガンダムみたいになってる今の私が、余計なものを全部捨てて、一番最後に残るものって、一体なんなんだろう。

私が最後まで捨てられない、大事な荷物って一体、なんなんだろう。

もしかしたらこれは、自分探しという名の「逃げ」かもしれない。でも、そんなことは、今は、どうでもよかった。もう自分探しでもいい。日本の狭い家で膝を抱えているよりは、全然自分と関係のない場所で、いらないものを捨ててしまいたい。余計なものをそぎ落として、最後に残る「核」みたいなもの。それを見つけて、これからの人生を歩めたら。就職できなくても、ダメな自分でも、それでも、人生だけは捨てたくない……。

そう思って、私はスペイン行きを決めた。20日かけて聖地までの500キロメートルの道のりを歩く、「カミーノ・デ・サンティアゴ」の旅に。

ダサい自由、かっこいい自由

ブルゴスの街にバスが到着したのは、スペインの強烈な日差しが真上から降り注ぐ、午後1時ごろだった。

聖地から500キロメートルに位置する古都ブルゴス。中世のカスティーリャ王国の首都として栄えた街だ。今でも街並みのそこここに、中世らしい雰囲気の教会や修道院が残る。私はここから巡礼の旅を始めることにした。

街の中心となるのは、世界遺産に指定されている巨大なブルゴス大聖堂だ。人気《ひとけ》のない広場の真ん中で、青く澄み渡った空をバックにのびやかにそびえ立つ、白亜の大教会。

さっきまでの、喧噪《けんそう》と排気ガスにまみれた大都市マドリッドとはうってかわった静けさに、日本から引きずって来た緊張が、少しだけ緩む。

ここにはもう、私のことを知っている人は一人もいないんだ。

さっそく、旧市街の中心部にある巡礼宿に向かう。クレデンシャル（巡礼証明書）を発行してもらうためだ。クレデンシャルというのは、巡礼者のパスポートのようなもの。これがあれば、各町の巡礼宿に格安で泊まれる。各町ごとにスタンプが押され、どこから旅を始めたのか、これまでどの町を通り過ぎてきたのか、一目で分かる仕組みだ。

巡礼宿の門前は、クレデンシャルを求める多くの新米巡礼者たちでごったがえしていた。ブルゴスは巡礼路の中でも比較的大きな街なので、ここからスタートする人も多い。隣にいた欧米人らしき女の子の二人組が、慣れない様子でそわそわと周りを見渡している。声をかけると、困ったようにジェスチャーで返して来た。チェコ人の18歳の女の子、アニーとクララ。二人とも、英語もスペイン語も全く話せない。高校を卒業してすぐギャップイヤーを取り、アルバイトでお金を貯めてから、カミーノに来たという。

高校や大学の卒業後、すぐに働かずに海外を旅したり、定職に就かずにぶらぶらと好きなことをして過ごすことを「ギャップイヤー」と呼ぶ。私も世界を旅している間じゅう、大学を卒業したての若いバックパッカーたちを多く見かけた。中には、数年間、祖国に帰らないという強者もいた。「仕事が、将来が不安じゃないの？」と聞くと、彼らからは「不安だけど、心配してもしょうがないからね」と気の抜けた答えが返って来た。

自分たちで社会に出る時期を、人生の中に自由に配置でき、就職活動をいつ始めるのも自由。そのぶん持たされた責任も重いのだけど、それだって、誰かに横から手渡されて半分握らされた形じゃなくって、がっしりとした重さを持って、自分で摑《つか》んでいる感じ。正直、彼らのことがうらやましくて、しょうがなかった。

でも。

そう思いつつも、私の中には、自由に生きることへのためらいと軽蔑が、まだら模様になりながら、醜くくすぶっていた。

マドリッドに到着した日に泊まった、違法日本人宿の「ヤガミホステル」は、ヨーロッパを放浪するお金のない長期旅行者の秘密のたまり場だった。

大道芸で日銭を稼いで、世界を渡り歩くお兄さんコンビ。

5年も世界を旅している、年齢不詳のマリファナ中毒のおじさん。

会社を辞めて、とりあえず語学研修を受けながら、仕事をこっちで探すつもりの、アラサーのお姉さん。

彼らはとても楽しそうだった。日本のつまんない常識からも解き放たれて、不安もなにもない、という顔で。

けれど……。正直に、正直に告白すると、はっきり言って、私は彼らを見た時に、うらやましいと同時に、ついバカにするような気持ちになってしまったのだ。そうは言っても、彼らは日本の社会から、逃げてるんじゃないのか？　っていう、5パーセントのケーベツが。

「絵を描いて生活したい。もう日本に縛られているのは嫌なんだ。まずは路上で絵を売りながら暮らそうと思って……」と言いながら、笑顔で作品を見せてきたお兄さんの絵は、ぶっちゃけ落書きレベルだった。

彼らは楽しそうに、ビールを飲みながら、今後の夢を語っていた。きらきらした笑顔で。重い荷物はとりあえず、宿の床に下ろして。

「社会人になってから一年も旅なんてしてたら、次に日本に帰って来た時に、仕事なんてあるわけないじゃん！」と笑いながら言っていた、外資系コンサルに内定した、大学の同級生の顔がちらっとよぎる。

これが「自由な大人」なのか。だとしたら自由って、あまりにも荒唐無稽で、美しくないじゃないか。

今、こうしてスペインに歩きにきている私と、彼らは寸分違わぬはずなのに、ついバカにしてしまうのは、学生の驕りだ。いくら就活に失敗しても、自分の大学がキライでも、私はまだ、学歴へのプライドを捨てきれない。

私はまだここまでじゃないし、っていう、安全圏からの軽蔑。

こういう時、私は私の醜さを、いちばんよく感じる。

それでいて、まだ美しくなろうとしている。

私がほしがってる自由は、たぶん、金髪の外国人がギネス片手にトラックの荷台に揺られて夕日をバックに歌っているような、どっかの映画で見たような、ハリボテの自由だ。だから、ギャップイヤーの彼らを見た時に、つい、うらやましいと感じてしまうのだ。

ギネスのCMみたいなうそくさい自由には憧れるくせに、いざ、現実的にてっとり早く手に入る自由を摑んでいる人を見ると、バカにするのをやめられない。

こんな私が、じつは、一番ダサいんじゃないだろうか？


モヤモヤした気持ちを抱えたまま、私はクレデンシャルを手に入れて外に出た。街を見守るように囲む城壁をくぐり抜けると、そこはもう、巡礼の道の始まりだ。黄色いペンキの矢印が、アスファルトの上に点々と描かれている。巡礼者に、正しい道を指し示す、唯一の目印。未来を目指す、黄色の矢印。

わたしは一体、どうなりたいんだろう。

どうなりたいかは分からないけれど、とりあえず私は、日本の社会にテキゴーしたい。もう二度と、パニック障害になんかなりたくない。来年は笑いながら就活がしたい。サイバーエージェントあたりに合格するような、キラキラ女子として。

〝みんなと同じ〟ように。

この旅は、そのための荒療治みたいなもんなのだ。就活くらいでめげない、強い自分になるための。

私はやたらと勇み足で、荒野へと続くアスファルトの道に、一歩を踏み出した。

特別になりたい？

10代の頃、私は「特別になりたい」子どもだった。

まず、目立ちたがりや。そして、偉そうな態度。他人と一緒はいやだ、お前らなんかと一緒にするな、と息巻く一方、自尊心は低くて、いつも周囲の目を気にしていた。自分と周囲のずれに敏感なのに、ずれをわざと起こそうとして、露悪的にふるまう。そういう子どもにとって、学校は針のむしろだった。

私が中学にいかなくなるのに、さして時間はかからなかった。

親も先生も、あたふたしていたのは覚えている。その頃、私は親を強烈に憎んでいたけれど、そのことを表現できない、へたれな子どもだった。へたれなので、自分の中に溜め込んで、体調の悪さに変えて、親を困らせていた。

あたふたの果てに、かつぎこまれたのは総合病院の精神科だった。精神科には二種類の先生がいる。「お薬」をくれる精神科医の先生と、話を聞く役目のカウンセラーの先生だ。私は精神科の先生のほうには決して心を許さなかったけれど、カウンセラーの先生には、心を開いていた。

前田先生は、当時、フリーでカウンセラーをしていた、50過ぎのおばちゃんだ。いつも、ヒッピーみたいなとんちんかんな恰好をしている。娘が不登校をやったのをきっかけに、カウンセリングの世界に入ったのよー、と笑いながら言っていた。

精神科の診察室はかびが生えそうなほどに暗い、病院の廊下のどんづまりにあって、患者さんも先生も、お通夜みたいな顔をして、廊下の隅に詰め込まれていた。前田先生はその中にいて、カラフルなおおぶりの傘みたいに、いつも笑っていて、雨の中でも人を明るい気持ちにさせる、陽気な先生だった。私は前田先生の、大人なのに偉そうなことを言わず、かといって、腫《は》れ物にさわるようにも自分を扱わない態度が好きだった。

前田先生は、その病院のカウンセリングルームの他に、不登校の子の自立支援のＮＰＯもやっていて、調布でフリースクールを運営していた。

古びたマンションの一室に構えられたそのフリースクールには、小学生から高校生まで、さまざまな年齢の子どもたちが集まっていた。

もちつき大会などの年中行事以外は、とくにこれといってプログラムがあるわけではない。

勉強の時間には、大学生のボランティアスタッフが、それぞれの勉強の進度に合わせてアドバイスをくれたり、分からないところを教えてくれる。それ以外の時間は、皆、絵を描いたり、本を読んだり、ゲームで遊んだりと、めいめい、好きなように過ごしていた。

ぱらぱらとたいらな地面にこぼされた、まるい小さな磁石のように、てんでに好きなものに吸い付いて、一日中、離れない。

その場所は、不登校の子どもたちの密やかな楽園、といった感じで、毎日、昼ごろから夕方まで、多くの子どもたちでにぎわっていた。

私は学校の外側に、こんなもう一つの世界があることを、初めて知った。それまでの私にとっては、学校が世界のすべてだった。知る限り、同じ学校で不登校の子どもは一人もいなくて、学校にいかなくなれば、人生は終わると思っていた。でも「世界の果て」だと思っていた場所には、実は、その先があった。そこでは、子どもたちが「ふつうに」生きて、「ふつうに」学び、「ふつうに」育っていた。

私一人が学校に行かなくったって、世の中は正常に機能している。私の狭い頭ん中の外側には、そういう社会の網の目から漏れ出た子どもたちを、受け止めてくれる場所があるのだ、ということを、初めて知ったのである。

私はだんだん、その場所に入り浸るようになった。その時の私はネクラで、ホームページ制作ソフトやhtmlタグを駆使して、椎名《しいな》林檎《りんご》のファンサイトを作ったりしていたから、当時の基準でいえば、どちらかというと「インターネットに強い」子どもだった。そのことを痛いとも恥ずかしいとも思っていなかったので、惜しげもなく人に自分のページを教えまくっていた。ある時、先生に見せたら、「へぇ！　パソコンが得意なのね！　うちのフリースクールのサイトも作ってくれない？」と言われて、私は嬉しくなって一日でそれを作り、先生に喜ばれた。

家に帰って、そのことを母に話したら「前田先生なんて、あんなの、公的な資格も無い、ただの世話好きのおばちゃんだからね。あんまり深入りしちゃだめよ」と言われて、私はしょぼんとした。しょぼんとして、ますます家には帰らず、前田先生のところに入り浸るようになった。あとから聞いた話だが、この頃、母は前田先生から、「娘さんよりもあなたのほうがカウンセリングが必要なんじゃないですか」と言われ、しょんぼりしていたらしい。私たちは、互いのしょんぼりに気づかないまま、互いをしょんぼりさせる親子だった。

そのフリースクールの中に、ゲームの大好きな、男の子のグループがいた。歳《とし》は中学2年生から高校1年生くらい。猫背で、印象が薄くて、皆同じような恰好をしている、チャーリー・ブラウンみたいな男の子たち。おせじにも、素敵とは言いがたかった。彼らはいつもテレビにかじりつき、ゲームに熱中していたから、私は彼らのチェックのシャツの背中しか、覚えていなかった。

ある時、フリースクールからの帰り道、たまたま用事で駅に向かう前田先生と一緒になった。

他の子どもがいない中、私は前田先生を久しぶりに独占できたことが嬉しくて、いつもより饒舌《じょうぜつ》に、自分のことを話しまくった。この時の私は、新しい世界に受け入れられはじめたことにほっとして、少し、調子に乗っていたのだ。同じスクールに通う子どもたちのことに話題が移った時、私は舌の熱狂ついでに、その男の子たちに関して、冗談まじりに毒づいた。

「あの子たち、ゲームばっかりしててつまんない。ダサいし暗いし。かっこわるい」って。

その瞬間。

前田先生は、爆発したように怒りはじめたのである。

「くぉらー！」って。

「そういうふうに人のことを否定するもんじゃない！」って。

私はめちゃくちゃびっくりした。いつもニコニコして、温厚な前田先生がこんなに怒るなんて、と。一瞬、ぽかんとして身動きが取れなくて、その次の瞬間、じんわりと、自己嫌悪がお腹の底に浮かんで来た。

私は、中学校でされていやだったことを、同じように、他人にしたんだなあ、って。

人と一緒にされるのが大嫌いで、バカにすんなっていっつも息巻いていたけれど、本当は自分が一番、人を馬鹿にしていたんだ。

「自分は人に馬鹿にされている」と思う人間ほど、特別な人間になりたがる。そうなると、その思いはどんどん膨らんで、自分を認めない他人を恨む。同時に、自分が他人を馬鹿にすることに対して、鈍感になる。他人と同時に自分を叱責していることに、気づかなくなる。

特別になりたいと思うあの気持ちって、なんだろう。社会からぎゅうぎゅうと押し付けられる「私の場所」が、どうしても、自分の輪郭よりも、小さいような気がする。私はもっと強くて大きいんだ。みんな私を見てよ。かまってよ。

特別になりたいのは、怖いからなのだ。ぺしゃんこにされるかも、という恐怖が、自我をどんどん、大きくふくらませる。熱されたエネルギーが、やみくもに溢れて、他人を傷つけはじめる。

「特別である」ということは、決して自分と違う人のことを否定することではない、ということに、私はこの時まだ、気づいていなかった。

その、初めての「怒られ」から十数年という長い長い年月を経て、私はだんだん、「特別でありたい」と思わない人間になってきた。今でも、ちょっとは思うかもしれない。でも、その気持ちは少しずつ、歳を取るごとに、目減りしていった。中学の時、あれだけ離れたくて仕方なかった、人のつくる社会の編み目に戻っていったけれど、編み目の中にいる自分を、許せるようになった。

特別でないことは、さみしいことではない。

「特別になりたい」をやめると、自分の好きなものが、分かるようになる気がする。他人と共有できる、なにかが増えてゆく。特別な自分の代わりに、周りにある、うつくしいものを、愛せるようになる。

雨の中、けぶる道の向こうに見える、うつくしい傘の模様にみとれるように、他人の中のうつくしい部分に、みとれることができる。

魂の速度

カウンセラーのリタに会ったのは、カミーノ・デ・サンティアゴの道を歩きはじめてから、4日目のことだった。

この巡礼の旅は、スペインの北部を背骨のように走る一本の道を、バックパック一つでひたすら歩き続ける旅だ。普段歩き慣れない人間にとっては、最初はかなり、きつい。それでも4日も経てば身体が徐々に適応し、一日に30キロメートルもの道のりを歩けるようになる。

それにしても。

自分がこんなにも、歩けるなんて、思ってもみなかった。

これまでスーツと革のパンプスに大切にくるまれていた肉体が、むき出しで世界と接続する。平たいスニーカーは、地面の隆起を、直接身体に伝えてくる。

私の身体、ちゃんとここに存在しているんだ。

そんな感覚が、だんだん、取り戻されてくる。

しかし。

歩くことにひとたび慣れると、今度はもっともっとと、心が焦りはじめる。

巡礼者たちが泊まる巡礼宿はスペイン語でアルベルゲと呼ばれる。公営のアルベルゲは1泊5ユーロとかなり安い。巡礼者たちにとっては、次の街の情報を仕入れたり、他の巡礼者たちと出会ったり、疲れを取って明日に備えるための、旅のターミナルだ。良いアルベルゲに泊まれるかどうかが、そのまま巡礼の旅の質を決めると言ってもよい。

9月はカミーノのピークシーズン。多い時には、毎日200人もの人々が、同時に同じ区間を歩く。人気のアルベルゲは先着順の奪い合いだ。もしも公営のアルベルゲに泊まれなかったら、高いペンションに泊まらなければいけない。あるいは、野宿か……。そう思うと、どうしても先を競い急ぎがちになる。私の場合は特に、帰りの飛行機の便が決まっていることがさらに焦りに拍車をかけた。

だから、毎朝5時にがさごそと起きだし、他の巡礼者たちが寝ているのを尻目に、まだ夜も明けないうちからたった一人でこの道を歩いているのだった。

そう、まだこの時は、私は他の巡礼者たちにあまり馴染んでいなかったのだ。皆が徐々にグループを作りはじめる中、私は正直いって、けっこう孤独だった。

そんな中、リタに話しかけられたのは突然のことだった。

「あんた、急ぎすぎよ！」

ふと顔をあげると、きつい顔立ちの白人の女の人が、こちらを見ていた。顔の内容がきゅっとしぼられたように真ん中によっている。細い眉が、しなやかなアーチを描いている。きっとこの時の私は、よほど険しい顔で歩いていたのだろう。相手の顔もつられたように怒り顔だった。でも、薄いブルーの目は、元からの性根が表れているように、優しい丸みを帯びていた。四角いおでこからは、聡明な言葉が紡《つむ》がれそうだった。

「昨日もすごい早さで歩いていたでしょ。脇目もふらずに。今日だって、5時に起きてたし。……あ、私はリタよ。昨日もおといも、同じドミトリーにいたのよ。覚えてない？」

全然、覚えていなかった。そういえば……うすい金髪がベッドの影でちらちら動いていたのは覚えている。あまりにも急ぎすぎていて、私は他の巡礼者の顔を覚える余裕がなかなかなかった。

「宿のベッドがいっぱいだったからって、なんだっていうの。ベッドがいっぱいなら、床で寝ればいい。床がいっぱいなら、教会の軒下で寝ればいい。そんなの大した違いじゃないわ」

澄んだ声が、焦りで乾いた心にすっと入って来た。そう言われれば、そうかもしれない。

なんで私は急いでいるんだろう。歩くのは、宿題でも、義務でもなんでもないのに。

カミーノの道には、何かルールがあるわけではない。ただ、道に描かれている黄色い矢印を追って、歩くだけだ。歩き方も人それぞれ。だらだら歩いている人だっているし、ハイペースでトレイルランのような歩き方をしている人もいる。疲れたら、タクシーに乗ったっていい。どんな歩き方をしたって自由。それなのに、ついつい速く、速くと思ってしまうのは、日本から抱えて来た、不安のせいだ。

私が黙っていると、リタは言った。

「どうせ、ゆっくり行っても、速く歩いても、辿り着くのは同じ場所なのよ。急いだって何も見つからない。それどころか、大事なものを見落としてしまう可能性だってある。でも、急いでいるうちは、絶対にそのことには気づかない」

そういえば、この道を歩きはじめてから、会話の端々で聞く言葉がある。

〝Take your time〟

カフェで、注文がなかなか決まらずに、うろたえている時。

アルベルゲで、洗濯に手まどって、洗い場を占領してしまった時……。

こう言われると、焦る気持ちが魔法のように解けてゆく。

リタはアメリカのカリフォルニア出身の45歳。現職は病気や事故で身体に障害を負った人に、ボディーワークを施すセラピストだ。7年前にセラピーを学ぶまでは、バリバリの証券ウーマンとして死ぬほど仕事をしてきたのだという。

「30歳で夫と離婚してね。それからは、自分の足で立つんだ、自分には仕事しかない、と思って、毎日必死で働いていた。このまま行けばキャリアは順調に築けるはずだった。そんな時に腫瘍が見つかってね。もうお先真っ暗よ。田舎に帰って1年、治療に専念したわ。運良く病気は治って、それから1年後に、なぜだかこの道に魅せられて、一度目の巡礼の旅に出たの。それまで全然、運動なんかしたこともなかったのによ。その時に気づいたの。ああ、私は本当は仕事がしたかったんじゃないんだ、って。離婚して、自分の支えが無くなったような気がして、それでとにかく、何か支えになるものが欲しくて、仕事にしがみついていたんだ、って」

リタはそこでちょっとはにかんだ。昔の自分を、恥ずかしがるように。

「上がるのって気持ちがいいわよね。もっと早く！　もっと上に！　って、社会の進むイキオイに飲まれて、つれてってもらえる感じね。でもいつのまにかそれは、自分がついてゆけるスピードじゃなくなってる」

リタのこの感覚はすごく分かる。人間、誰だって上がりたい。少しでもいい企業に行きたいし、少しでも友達よりいい彼氏が欲しい。友達の数は少しでも多い方がいいし、Facebookの「いいね!」の数は多ければ多いほどいい。そうしないと、振り落とされるような気がしてしまう。社会のあみ目から、取りこぼされてしまうような気がする。

けれど、私自身は、それでいいんだろうか。私自身が、それにGOサインを出しているんだろうか。

「大事なのはね」

リタは大きな目で私の顔を覗き込んでいった。

「自分の、魂の速度で生きることなのよ。魂は、心と身体の一致したところにある。心が先でも、身体が先でもだめ。重要なのはね、あなたがあなたの速度で生きることなのよ」

自分の速度を見つけるのは、とても難しい。

就活の時だって、そうだった。私は本来、人に合わせるのなんて、全然、得意じゃない。むしろ、自分一人でコツコツやるほうが好きだ。何をやるにしたって、人の倍ぐらい時間がかかる。でも、それじゃあ就活で内定をもらえない。そう思っていたから、私はあんなにも無理してきた。きびきびと、人と足並み揃《そろ》えて、協調できる私。空気の読める私。人より先に、考えて、答えを出せる私。

そうやって、空気の人形みたいに、理想の私を作り上げて、それで勝負しようとしていた。

でも、それは、ウソなのだ。


今も、思い出す光景がある。

就活をやめる、直前のことだった。とある有名おもちゃ会社のグループ面接だった。学生は6人。面接官は2人。狭い会議室に8人が押し込められると、自然と空気が薄くなった。このうち何人が次の面接に進めるか分からない。学生たちの頭の上に無言の火花が散る。面接のお題は「最近感動したこと」だった。一人一人、思いついた順に答えを述べてゆく。ボランティアをした時の話。励ましてくれた親の話。分かりやすく、1分間で、手短に。自分が感動した話じゃなくて、面接官が感動する話。私は何を話したのか覚えてない。たぶん、ボランティア活動の話かなんかしたんじゃないかと思う。面接官の表情は、変わらなかった。

手を挙げた学生が全員答え終え、最後の一人になった。眼鏡をかけた、冴えない、いかにもオタクって感じの男の子だった。全員の注目が集まる。早く、答えろよ。もう面接の時間終わっちゃうぞ。こいつ、思いつかないのかな？　言外のいらつきや侮り、嘲《あざけ》りが、学生たちの頭上に飛び交った。

「さくらが」

急すぎて、一瞬、誰が話しはじめたのか分からなかった。は？　という声が、どこかから漏れた。

「さくらが、咲いていたんです」

その子だった。

全員、ぎょっとした。面接官は目を細めて彼を見た。

「今日、ぼくは、この面接会場に、電車で来ました。朝起きて、歯を磨いて、少し遅く起きたので、ワイドショーなんか見たりして。そのあと、スーツに着替えて、玄関を出て最寄りの駅に向かうために、歩きはじめました。ぼくの家は、小さな川沿いにあるんです。川沿いの道を歩きながら、ぼくは今日の面接のことを考えはじめました。今日はどうしよう、何を言おう。頭の中で繰り返し繰り返し、シミュレーションなんかしたりして、ああ、今日も昨日と一緒だなぁ、と思いながら、川べりの遊歩道を、駅に向かって歩いていました」

静かな、深いトーンで、彼は、ゆっくり、ゆっくりと、一語一語、話していった。彼の肩口から、細おもての顔の輪郭から、びりびりと気が立ち上っていた。全力で表現する人にしか、立ち上らない覇気。

「あれ、そういえば、昨日より、少しだけ暖かいぞ。そう思って、ふと、顔を上げたら」

彼はそこで、つい、と顔を上げた。

「桜が、咲いていたんです」

その場の誰もが、つられて彼の視線の先を見た。

「目の前の木も、次の木にも。まだ咲きかけの小さなつぼみが、ピンク色の小さな花が、並んでいました。どの木にも、どの木にも。ああ、地面しか見ていなかった、ぼくの頭の上には、目線を上げたら、こんなにも綺麗な景色が、広がっていたんだ……って」

彼はそのまま、黙って、空《くう》を見つめていた。桜を眺める目線の角度で。

オフィスビルの、狭い会議室の一面に、桜が咲いたような気がした。

全員ぽかーんとして、彼と同じように、ただぼんやりと宙を眺めていた。

負けた、と思った。

次の質問、次の質問、彼は全部、自分のペースで、自分のやり方で、答えを紡いでいった。面接官はもはや、彼にしか注目していなかった。その場にいる全員が、次に彼が何を言いだすか、期待を込めて待ち望んでいた。

ああ、彼は私たちと、同じゲームをしていないんだな、と思った。制限時間の中で、いかに効率よく、自分をアピールするか、という、面接のゲームを。

あれは彼の巧みな罠《わな》だったのかもしれない。純粋さを装う巧みな罠。彼は演劇かなんかをしていて、人を惹き付ける表現方法を体得していたのかもしれない。だがもし、たとえそうだったとしても、あの時、面接会場にいた全員が、彼の時間の中に、彼の感覚の渦《うず》の中に、飲まれていた。自分の速度でもって自分を表現することを、彼は、確かに知っていた。自分の感覚の速度を、てのひらで大事に守りながら、他人と交わろうとしていた。

ああ、私は自分の速度も、それを武器にするということも、何も、分かってなかったんだ。


私は就活が嫌だったから、続けられなくなったんじゃなかったんだ。

うまくいかなかったのは、社会とか、システムのせいじゃない。

ただ、私自身が私にウソをついていたからだ。

私は天才的なウソつきになろうとしていた。自分に対する、天才的なウソつきに。


私はリタに、自分がパニック障害で就活をやめたこと、焦る気持ちが湧いてしまうことを話した。私はこの道に来て初めて、他の巡礼者に自分のことを打ち明けたのだった。

自分の人生のペースが、社会と合うのかどうか、分からないこと。こぼれおちてしまった今が、不安でたまらないこと。これからなんとか人生を立て直したいけれど、どうしたらいいのか、全く分からないこと。

リタは黙って聞いたあとに、こう言った。

「上手くやるって言うのは、必ずしも、他人のペースに合わせることじゃないのよ」なだらかな、白いまぶたの稜線に囲まれた青い目の底から、彼女の背負ってきた人生が、まるごと私に語りかけてきた。

「自分のペースを守りなさい。そうすれば、ある時、自分のペースと、社会のペースが、かみ合う時が、必ず来るから。ミユキ、心配しないで。あなたが歩いているのはね、他の誰でもない、あなたの道なのよ」

私たちは再生する

21歳の時、用事があって母校の中学に赴《おもむ》いた。

私は母校が苦手だ。

私にとって母校は、恥ずかしさと屈辱感の歴史そのものだ。最も思い出したくない記憶が、束になってつまっている。

本当は行きたくなかったが、なぜ足を運んだかと言うと、当事インターンをしていた教育系のNPOが中学生向けの教育支援プログラムを開発していて、そのために学校の先生の意見をヒアリングするという仕事を任されたからだ。母校だったら気安いだろうということで、最初にアポを取ったのだが、私にとっては一番、心の重い場所だった。

吉祥寺のはずれにある、中高一貫校。

通っていた当時よりも、改築してずっと綺麗になった校舎は、なんだか見知らぬ他人のようで、懐かしさなんて、微塵《みじん》も感じなかった。

まるで、昔着ていた服が、いつのまにか仕立て直されて、全く別の服になっていたような。

中学校の職員室のドアを開ける。

普通のドアの100倍、重く感じる。

放課後の人影のまばらな職員室には、中3の時の国語の先生がいた。どきっ、とする。

50過ぎの、見るからに頑固ジジイ、といった風貌の厳《いか》めしい先生で、いつも何かに怒っていて、生徒に怖がられていた。

私が最も苦手だった先生だ。

おそるおそる話しかけると、先生は顔を見るなり「お前、生きてたのか」と言って、突然、はらはらと大粒の涙をこぼされた。

私はあっけに取られて、先生の顔を眺めた。

50代の男性が泣くところなんて、生まれて初めて見たのだ。

先生は言った。

「お前は感受性が鋭すぎて、一時期は本当に脆《もろ》くて危なかったな。本当にいつ死ぬか分からなくて、ハラハラし通しだった。40年間、教師やってて、私にとっても初めての経験だった。でも、生きていて本当に良かった」

中学2年生の私は、生きるのがしんどかった。精神科でもらった薬で、やっつけやっつけ、学校に行き、行ってもパニックを起こして早退したり、保健室に無理やり引きずられて行ったりしていた。

生きていくのって、こんなにしんどいんだ、とずっと思っていた。

そんな、ねじれきった苦しさに翻弄《ほんろう》されていた当時の私に、この先生はしつこく電話をかけてきて、ある時には不登校なんて甘えだ、学校に来いと怒ったりもし、そういう時は本当に、私はこの先生を憎んでいた。先生は私にとって「抑圧の象徴」そのものであり、当時の私にとっては、殺してやりたいとすら、思う相手だった。

なんで学校に行かなきゃいけないの。私はこんなに苦しいのに。

今思えば、学校に行きたくなかったわけじゃない。

手首を切ったからって、死にたかったわけでもない。

ただ、ただ、言語化できない親への怒りや屈辱感を、抑圧される苦しさを、自分の手首にぶつけていた。

他に怒りをぶつける場所がなかった。

どうにかこうにか、生きていくための方法を探して、辿り着いた方法が、鬱《うつ》や、不登校だった。

それでも、決して本人には気づいてもらえない、その余剰の怒りを、学校や先生にぶつけていた。

子どもって不思議だ。なんで、一番怒りをぶつけたい相手にはぶつけられず、他のものにぶつけてしまうんだろう。

他の物にぶつけながら、気づいてよ、気づいてよ、と思いながら、本人には気づいてほしいと言えないのだろう。


思い出はねじれたまま保存され、だから私はこの先生に、ずっと、ただの問題児扱いされ、嫌われているとばかり、思っていた。

8年経った今、そんなふうに言われるなんて、思ってもみなかったのだ。

先生は続けた。

「お前はこんな学校なんて嫌いだ、とあの時、言っていたけど。きっと、この学校だったからこそ、お前の元の根っこまで、絶やされなくて済んだんだね。他の学校だったら、潰されてたかもしれない。この学校を選んでくれて、ありがとう」

学校ってなんだろう。器。鳥籠《とりかご》。子どもを守るもの。

当の子どもにとっては、そのどれでもない。

それに気づけるほど、子どもには余裕がない。自分を俯瞰《ふかん》する余地がない。

ただ、生きるのに必死だ。

学校がキライで、自分を抑え込もうとする制度も、先生も、つまらない授業も制服も、なくなっちゃえばいいのに、と思っていた。なんでこんなにつまらない、凡庸《ぼんよう》な学校に来ちゃったんだろう、と心底思っていた。

凡庸じゃない学校なんて、あり得ないのに。

無個性な、ただの入れ物のなかで、わけも分からずに、しっちゃかめっちゃかに伸びてゆく子供たちを、大人は見ている。見ていて、彼らなりに添え木をしようとしてくれている。

学校が嫌いだと息巻いていられたのは、いつもいつも、背後にちゃんと見守ってくれる先生がいたからだ。叱りつける一方で、お前は文才があるから、文芸の道に進みなさいよ、と言ってくれたのも、この先生だった。

そのことを、今の今まで忘れていた。

もっと学校に行けばよかった。先生と話せばよかった。

暴れる私ととっくみあうのなんか、絶対に老体の先生にはきつかったはずなのに。

生きるのに必死な子どもの、気づかなさを許容して、見守る多くの人々の、羊水のようにあたたかな、無数のまなざしが、子どもをほかほかと包んでいる。そのことに気づけるのは、子どもが自分の足で立てた時だ。

「うるせー、ジジイとか言われたよなぁ」と先生は笑った。

老眼鏡で拡大された先生の涙目が、痛くて重くて、苦しかった。

笑えないよ、先生……。


人間って不思議だ。

他人のたった一言で、世界が変わってしまう。

当時は許せなかったことでも、こうやって未来から過去を焼き直すことで、許すことができる。

違う形で、過去を生き直せる。

それは時に痛みをともなうかもしれないけれど、生きている限り、何度だって、人生を焼き直せばいい。そのたびに、私たちは再生する。私たちは自分の人生を、他人とのやりとりの中で再生させられる、その力を持っている。

その努力は誰のため？

カリフォルニアのマーサに出会ったのは、巡礼6日目のことだった。

サアグンは多くの教会や修道院に囲まれた、静かな田舎町だ。この日辿り着いたのは、古めかしい……というよりもはっきり「ボロい」と言ったほうがよさそうな、質素なアルベルゲだった。中世の修道院を改築して宿にしたというその石造りの建物には、今もその当時の装飾があちこちに残る。四角い回廊、鐘のかかった高い塔、バラの茂る中庭。電気の点《つ》かない薄暗い廊下には、ステンドグラスが燭台の灯を映してぼんやり輝き、今にも修道僧が出てきそうだ。あんまりにも荘厳な雰囲気に、なんだか落ち着かない。

部屋で一人きり、もじもじしていると、ホスピタレイラ（宿の女主人）が、声をかけて食堂に迎え入れてくれた。マーサ、52歳。アメリカのカリフォルニア出身だ。

アルベルゲの管理人であるホスピタレイロ（女性はホスピタレイラ）は、過去に巡礼を経験した人が、志願して務めることが多い。

まるまると太った身体にエプロンをつけた、典型的なアメリカ人のお母さんといった風貌のマーサ。「スペイン語、さっぱりしゃべれないもんだから、困っちゃうのよね！」と豪快に笑う。

なんで彼女は、わざわざ遠くのアメリカから、英語も通じないこの村でのホスピタレイラに志願したんだろう？

彼女は言った。

「昨年、この道を歩いたのは、とても貴重な経験だった。私はカミーノから多くのものを受け取った。今度は私がそれを返す番。そう思って、ホスピタレイラに志願したの」

数多くの巡礼者が、カミーノを終えた後、今度は自分が恩恵を返す番と、巡礼路に移り住んでくる。ケガをした人がいれば助けるし、食事をつくれば皆で分け合って食べる。夜になれば明かりが消える、テレビもインターネットもないこの場所で、必要最低限のものたちをシェアするカミーノの暮らしの中で、私も初めて、互いに与え、与えられる関係のありがたみを、感じるようになった。

でも。

振り返ってみれば、今まで自分は一度でも、そんなこと、考えたことがあっただろうか？

少しでも良い会社に入るため、誰かを押しのけるために、必死に自分を磨いてきた。「成長したい、自分を磨きたい」って、呪文みたいに、唱えてきた。テストで良い点を取って、良い大学に入って。留学をして、英語ができるようになって、資格を取って。

でも、それは何のためだろう？　自分のため？　誰かのため？　社会のため？

一時期、ボランティアに熱中していたこともあるけれど、なんだか偽善ったらしくて、むなしくなってやめてしまったのだ。結局それだって、自分のためじゃん、って。

自分のためじゃなくて、誰かのためにそれをやる、そんな仕事をやる時が、いつか自分にも来るんだろうか？

マーサにだったら聞いてみてもいいような気がして、私はこっそり打ち明けた。

「自分は今、卒業後の進路を考えている最中だけど、今までの人生で、一度も誰かに何かを与えたなんて気がしないの。こんな自分でも、仕事に就けると思う？」

マーサはにっこりと笑って答えた。

「私は52年間、カリフォルニアから一歩も外に出たことがなかったの。専業主婦になって、息子を3人育てて。52歳になって、やっと自分のために使える時間ができた。そんな時、この道に出合ったわ。なぜだか分からないけれど、歩かなきゃ、と思ったの。そうして歩き切って聖地に辿り着いた時、すぐに分かった。ああ、私の今やるべきことは、この道で自分と同じように歩いてきた巡礼者に、今までの人生で受け取った恩恵を返すことなんだって。それは52年間生きていて、初めての出来事だった」

カリフォルニアとスペインの太陽のブレンドで、ライ麦パンみたいにこんがり日焼けした笑顔で、歌うように言うマーサ。

「使命感とか、そんなおおげさなものじゃない。ただ、バスケットの試合でボールが回ってきたみたいに、誰かにそれを投げ返すのが、今、たった今の自分の役回りだと感じたのよ。人が人に何かを与える方法ってたくさんあるわ。でもそれは人それぞれ、違う形なの。その人にしか、人に与えられないものって必ずあるのよ。たとえ今は与えられるだけだとしても、いつか必ず、それに気づいてアクションを起こす時が来るのよ。それが大学を卒業する前の、たった一年の間に起きるなんて、一体誰が決めたの？」

与えられたものを返す。そのために、私が誰かのためにできることって、一体、なんなんだろう。マーサの言葉は、救いにはなるけれど、今の私にとっては、まだまだ雲の上の言葉だった。

それが見つかった時、「仕事」って言葉にかかった霧は、少しは晴れるんだろうか。

死ぬまでモラトリアム？

２００７年の4月の終わり、私は京都にいた。

17年間、会ったことのなかった、父に会うためだ。

その時の私は、就活に失敗して、将来のことが何も分からずしょげていた。まだ、スペイン巡礼に旅立つ前のことだ。どうもがいても、泥沼の中にずぶずぶと沈みこんでゆく気がした。誰でもいいから、そこから救い出してほしかった。

そのとき、ふと唐突に、5歳の時以来会っていない父に会おう、と思ったのだ。自分の「ダメ」のルーツに会えば、自分のダメさに納得がいくと思ったのかもしれない。私は自分のルーツ探しの旅に出た。

父の下の名前は、けっこう変わっている。試しにgoogleに打ち込んだら、父の勤め先のホームページが、一番最初に出てきた。

探偵を雇うことも、戸籍謄本を取り寄せることも、親戚に電話をかける必要もなかった。最近の人探しって、便利だな……。と思いながら、私はノートパソコンの蓋を閉じた。

父は大学教授で、現在は京都のとある研究機関に勤めていた。父の職場の番号に、私はどきどきしながら電話をかけた。秘書の女性に名を名乗り、取り次いでもらう。なんと言っていいかわからず「みゆきです」と言ったら受話器の向こうから、父の息をのむ音が聞こえた。

その時の会話は、ごくごく短く終わったように思う。

二言、三言交わしたのちには、待ち合わせの日時が決まっていた。数日後、私は新幹線で京都に向かった。

電話口の、父の声は、私よりもふるえていた。

桜の季節が終わった4月の京都はのどかだ。

うぐいすが飛んでいて、空気がすきっとしている。桜の花びらが、雲も一緒に連れ去ってくれたのか。

カール・ブッセの詩の一行、「山のあなたの空遠く 幸い棲むと人の云う」の「山」は、嵐《あらし》山《やま》のことなんじゃないか、と思うくらいのどかだ。

とはいえ、春の頭なので、まだまだ空気が冷たい。ちくちくと、コートの内側にまで差し込む寒さに震えながら嵯峨野《さがの》観光などをして、父との待ち合わせ先に向かった。

父とは桂のミスドで落ち合うことになっていた。電話で待ち合わせ場所を聞いた時には、「大学教授も、ミスドでドーナツを食べるのか」と思うと可笑《おか》しくなったが、桂駅の改札を出る時には、切符を通す手がふるえた。

ミスドの小さな席のすみっこに、父の姿を発見した。感動の対面、になる前に、平常心を保たなければ、という気持ちのほうが先行する。「こんにちは」と声をかけると、父は立ち上がって、しかつめらしくおじぎをし、「こんにちは」と返した。

花粉の季節だからなのか、感情も間延びしている。もそもそと、起伏も無いまま、私たちは互いの近況を話し合った。

会ってまず思うのは、私の大半は、この人と重なっている、ということだ。

要領を得ずにもごもごしゃべるところとか、コーヒーが飲めないところとか。父の眼鏡のふちにかかる紐が、普段ならださいと思う前に、センスいいな、と思ってしまうところとか。体内の染色体の90パーセントはこの人からなんじゃないかと思うくらい、似ている。なんていうか、ベクトルが一緒だ。

母と父のベクトルは、正反対を向いている。「一緒に暮らすの、無理っす」みたいな別向きのベクトルだ。１８０度違うベクトルがあわさって生まれた子だから、90度くらいの開きがあると思っていたら、10度くらいしか違わない。

しばらく話して、少しだけ心に余裕が出て来たところで就活の話になり、

「将来、やりたいことが分からないけど、今決めなきゃいけないのがおっくうだ」と、強がってみせたら、父は、

「今決めなきゃならないなんて誰が決めたんだ。人間、30くらいまでフラフラしてていいんだぞ。30どころか、人間死ぬまでモラトリアムだ」と言った。

コイツ、すごいこと言うなぁと思った。

父は38歳までアカデミックフリーターだったそうだ。学生闘争で大学を放校処分になったあと、出版社を立ち上げてはつぶしたり、サラ金に勤めながら小説を書いたりと、定まらない人生を送りながら、大学の教授職に、なんとか潜り込んだらしいから、まぁ、間違いないだろう。

そのあと、父の奥さんに会いに父の自宅に伺った。

家に入ると、「THE・家庭」といった感じで、「THE・お母さん」みたいな人が出てきたのでびっくりした。「めちゃ×2イケてるッ！」の、コントのセットかと思った。でも、実際に話してみたら、見た目とは裏腹に、市民運動に熱中する破天荒な人だった。アフリカンアートと、柳宗悦と、杉並区の教育問題について盛り上がった。

二人とも学生運動の世代だ。この時代の人の、自分が正しいと信じたことをひるまずにする姿勢を好ましく感じる私は、なんだかとても、うらやましいと思った。

「慶應が嫌いだ。偉そうな学生ばっかりだし、企業ランクとか年収とかに拘泥《こうでい》して、そんな話ばっかしてるやつは、死ねばいいのに」

と言うと、

「あんたはあんたの感性信じてフラフラしたらいいよ」

と言われて、そうか、と思った。

もう遅いので、泊まって行きなさいと言われてお風呂を借りた。

お風呂に入る。寒い寒いといいながら、狭い脱衣所で服を脱いだ。

この家のバスタオルは分厚い。ホテルのタオルみたいに、ふかふかと指が埋まる。うちのタオルは、薄い。祖母の好みで、木綿の、さらさらとした肌触りのものばかりだ。四月の夜はまだまだ底冷えする。木製の古ぼけた風呂椅子に座ると、尻がひやりとした。せまい風呂の床を、家族4人分、それぞれ異なるメーカーの、シャンプーとリンスの巨大なボトルが埋めつくしていた。うちは、みな一緒だ。

家族というのは、砂絵のようだ。

こういう、砂粒みたいな、小さな小さな差異が、寄せ集まって、その家族の形を作っている。全部掃いて捨てたら、なにか、残るんだろうか。

布団は4月の日差しを吸い込んで、いいにおいがした。南の島の海のはじっこで、あたたかい波を毛布にして寝ているような気持ちがした。

その日はひさしぶりに、ぐっすりと眠った。

1泊して、早朝に伊勢に向かった。

阪急電鉄の窓から見える大文字山は、ほんのり桜色に染まっていて、谷間の白く霞んだ空は、扇型に広がっていた。

毎日が休日だと思える仕事

「Porque-caminas-tú?（なぜ歩いているの？）」

カミーノの道で誰かと初めて会った時、まず、はじめに聞かれるのが、この質問だ。

この道は、世界中から人が集まってくる道だ。歩く理由も、人それぞれ。敬虔なクリスチャンも多いが、若者の間ではもっぱらレジャー化し、ギャップイヤーや転職の合間の自分探しに、スペインの文化や美味しい食事を楽しみに、時にはスポーツ感覚で、と、動機はさまざま。

どんな理由でも、カミサマは怒らない。この大らかさも、きっと世界中から人が集まる理由の一つだろう。

けれど、私はこの質問に、正直、うまく答えられなかった。

「パニック障害になって、就活がうまくできなく……」と、答えるのが、なんだか恥ずかしかった。悩みとは無縁そうな、明るいスペイン人たちに、理解してもらえるだろうか。第一、パニック障害って、英語でなんて言うんだ？

就職活動をしていた頃、私は外の世界と自分の輪郭のずれを、必死で修正しようともがいていた。

小さい頃から、人と同じことが上手くできない。何より、それを気にして、うまくふるまえないことがコンプレックスだった。それを人事に悟られないよう、必死で隠し通すのが私の「就活」だった。

パーテーションで仕切られた、取調室みたいな面接ブースで、その企業に合わせて作った志望動機を無理やりに述べる。肌触りの悪いスーツの内側で、自分の輪郭がしゅるしゅると縮んで、消えてなくなる気がした。死に物狂いの擬態の裏で、何かが違う、何かが違うと、見えないレスキューサインを身体が出し続けていた。

ある企業の筆記試験を受けに行った時にも、私はうまくふるまえなかった。試験会場の巨大なホールには、学生たちが、何千人と押し込められている。真っ黒なリクルートスーツに同じ髪型、個の判別をほとんど失った、同じ姿。「千と千尋の神隠し」に出てくる「カオナシ」――そう思ったとたん、急に吐き気がこみあげてその場にへたりこんだ。冷や汗があとからあとから出てきて、結局、一問も答案用紙を埋められないまま、試験は終了した。

自分が一体何につまずいているのか、自分でも分からない。

別に、他人が同じ恰好をしていたからといって、関係ないじゃないか。そう思っても、なぜか私は耐えられなかったのだ。ただの甘えだとも思う。それでも、会社のほしがる人物像になりきり、社会に適合できる自分を演じる、たったそれだけのことが、私にとっては、すごく難しいことなのだ。

何万人もの就活生が、フツーにこなしていることを、フツーにできるようになりたい。

でも、「フツー」って一体、何……?

午後2時、芝生の上でビールを飲んでいると、二人の巡礼者に話しかけられた。一人はスペイン人のルカス、71歳。バスク地方の小さな村で41年間の小学校教師生活を終え、現在はリタイア生活だ。巡礼はなんと4回目だという。

もう一人はブラジル人のマルコス。サンパウロの大学を卒業し、外資系企業でマーケティングの仕事をしているエリートだ。勤めていた会社を辞めて、次の人生を考えるため、この道を歩きに来たと言う。

ルカスは元気だ。日差しを浴びた褐色の肌、恰幅のよい身体は、他の若者に負けないぐらいエネルギーに満ち溢れている。豪快に笑い、豪快に飲む。対するマルコスは、ブラジル人らしい長い四肢と、たくましい体つきとは裏腹に、思慮深げな優しい目をしていた。ルカスのお守《も》りをするように、彼の田舎なまりのスペイン語を逐一、英語に訳してくれる。

めいめいのペースで歩くカミーノでも、何日も行動を共にしていると、波長が合う者同士、次第にゆるやかなグループができあがる。二人は、国も言葉も年齢もバラバラな人々をつなぐ、グループの柱だった。

ルカスが私に聞いた。

「Porque-caminas-tú?（なぜ道を歩くの？）」

いつもの質問だ。

「大学を卒業した後、どんな仕事につきたいか、考えるため」

とりあえず、そう答えた。そう言うと、陽気でおせっかいなスペイン人たちからは、たいてい一家言飛び出してくる。やれ「こんな仕事がいい」だの、「俺の仕事は最高だ」だの、「スペインでだけは働くなよ」だの……。

その時、ルカスの口から飛び出して来た言葉は、これまでに聞いたどんなものとも違っていた。

「毎日を、月曜日だ、火曜日だ、と思ってする仕事はいけないよ。毎日を、土曜日、日曜日、祝日だと思ってする仕事につきなさい。私は41年間、一日も、仕事をしたと思った日はないよ」

偉ぶらず、諭すでもない、穏やかな口調だった。

たったこれだけの言葉に、彼の、全人生が詰まっていた。

「毎日が休日だと思える仕事」……そんなこと、私は考えてもこなかった。

仕事だと思えない仕事だなんて、本当に、あるんだろうか？

日本の就職活動は就社だ、と皮肉まじりに言われる。

大企業のブランド、安定性、福利厚生を見て、リクナビのボタンをとにかく、押しまくる。なんとなく説明会に案内され、なんとなくエントリーシートの送り方を学び、なんとなく面接のノウハウを覚えて、オフィス街を歩き回る毎日。「やりたい仕事」ではなく、「つけたい社章」にこだわる毎日。

これだけ就活に関する自殺や、3年でやめる若者が増えているのに、同じスタイルを取り続けていることは確かにおかしなことではあるけれど、でも、一番おかしいのは、それになんの疑問も持たずに、乗っかって来た自分じゃないのか。

私が気にしていたのは、何をするか、ではなくて、「自分の性格と折り合いの付く会社に入れるかどうか」ばかりだった。自分を企業の求める鋳型にはめ込み、同時に、自分に合う鋳型を捜し求めていた。しかしそれでは齟齬《そご》が出る。半年経ったころ、私は自分が「なにをやりたいか」について何の考えも持ちえていないことに気づき、愕然《がくぜん》とした。

どこにも受からなかったのは、たぶん、人と同じことができないからじゃない。何がやりたいのかっていう、自分の中心にあるべき問いを、一番に考えるべき答えを、ずっと置きざりにしてきたからだ。あるべき自分の軸を、ずっと立てずに来たからだ。

自分が必死に作り上げてきたはずの「良い感じの自分」は、ハタから見て全然「良い感じ」じゃなかったのだ。「あなたは、人生で何をやりたいの？」という、自分の中心になるはずの部分に、実はなんにも、無かったんだから。

もちろん、ルカスが本当に、毎日が休日だと思って生きて来たかは、分からない。スペイン人は、感情の振れ幅がとても大きい。ルカスにだって、怒りに震えることも、悲しみに涙することも、41年の教師生活の中では、きっとあったはずだ。

けれど、71歳の老人が、白髪になってなお、照れもせず、物怖じもせず、誰に媚《こ》びることもなくその言葉をまっすぐに放った、そのことこそ、この言葉が真実である、その証明のように思えた。

彼の言葉は、ラテン民族の、人生に対する、海のようにおおらかで深い哲学そのものだ。

白墨とサッカーボールと、はちきれそうな子どもの丸い胴体を、41年間、抱え続けて、太くたくましくなった指の節のように、ゆるぎなく他者に安心感を与える、彼の仕事に対する信念。一生を一つの仕事に打ち込んで来た男の、人生の答えだ。

じゃあ、私はなにをしたら、ルカスの言う通り「毎日が休日だと思える」んだろう。お腹の底から、楽しいって言えることって、なんだろう。

分からない。

分からないし、ひょっとしたら、国も立場も年齢も異なる自分には、ルカスの哲学は、当てはまらないのかもしれない。けれど、それでも世界に、そんなふうに考えて生きている人が一人でもいる、そのことが、この時の自分にはただ、嬉しかった。

その夜、寒さに震えながら毛布にくるまり、暗闇の中、他の巡礼者たちのいびきを聞きつつ寝入ろうとしても、ルカスの言葉は深々と胸に突き刺さったまま、光を放ち続けていた。

これから私が向かう航路を照らす、灯台のあかりのように。

他人のものさしに傷つかない方法

スペイン巡礼から帰ってきて数ヶ月後。大学を卒業する間近、仲の良かった男の先輩が結婚するというので、お祝いに、二人で飲みに行くことになった。

大学2年で一年遅れて入ったサークルで、はじめの頃から、何かと良くしてくれた先輩だった。二つ学年が離れていたけれど、サークルで浮いていた私のことを、「小野ちゃんは変わっていて面白いね」と擁護してくれて、何かと飲みに誘ってくれた人だった。

先輩は、卒業して銀行に就職していた。会うのは2年ぶりだ。スーツ姿で現れた先輩は、相変わらずスポーツ焼けでまっ黒で、たくましい顔つきをしていたけれど、真っ白なシャツの襟の白さと、夏休みの小学生みたいな肌の色のギャップは、最後に見た頼りないリクルートスーツ姿の時よりもずっとずっと大きかった。私は、彼がなんだか遠い世界に行ってしまったような気がして、うまく、話せなかった。

先輩は飲みながらひとしきり仕事の大変さを話したあと、どうして結婚に至ったか、の話をした。

私はうん、うん、と聞いていた。ほかに、仕様がなかったから。

先輩はぽろっと漏らした。

「小野ちゃんは若いから分からないだろうけど、25歳くらいになるとね、周りがどんどん結婚しはじめて、焦ってくるんだよ。俺の周りを見ていてもね、どちらが幸せかっていうとやっぱりね、嫁ぎ遅れて仕事しかしていないっていう女の人と比べたら、結婚して、子どもを持って、家庭に入っているほうが、幸せだよ」

私は何も答えられなかった。尊敬していた先輩の口からそんな言葉が出たことが、ただただショックだった。私の母のことをちらっと考えたあとに、先輩のお母さんは、きっと、専業主婦なんだろうなぁ、とぼんやり思った。反論することも、頷《うなず》くこともできず、私はただ、阿呆みたいに、ぼーっと片手に持った箸を、宙に浮かせたまま、先輩の話を聞き続けた。「CanCam」のグラビアページの、デートシーンの女の子みたいな、完璧な笑顔は保ったまま。

こう言った時の先輩の顔は、嬉しそうでも、悲しそうでもなかった。

ただ、分厚い「世間の真理」のようなものを、私と彼自身に、必死に覆いかぶせようとしているのが見えた。

そうすることで、自分の痛む部分を、満足できない何かを、見えなくさせたいのかもしれなかった。

傷ついたふりも、否定も肯定も、してやるもんか。


他人の幸せを、勝手に自分のものさしで測ってしまう鈍さは暴力だ、と思う。

ただ、私たちはどうしても、ときおりどうしようもなく鈍い。鈍くなることで、自分を守らないと、生きていけない。もろい部分は、人によって違う。その部分を人に見せまいと、ときおり、ものさしを振り回す。

ある人は傲慢に、まるで、それをすることが当然の権利だとでも言うように、自分のものさしを他人の頬に押し当てて、跡がついたことを確認しては、満足げに去ってゆく。

ある人はほっとするために、自分のものさしが社会的な効力を発揮していることを確かめるために、こわごわと押し当てて、反応を確かめる。

自分の後ろにあるものが、ちゃんと機能しているかどうかを知るために、世間の前に、そっと、立ててみる。自分の影が他人を追い越す、その寸法を測ってみる。そうして、長ければ長い分だけ、薄い喜びをかみしめる。

それは、目の前に相手がいさえすれば、とても簡単にできる、痛み止めの作法なのだ。

とってもとっても簡単な、社会から教えられた、傷つきやすさの麻酔薬だ。

いつからだろう、他人のものさしに、ときおりひどく傷つくようになったのは。学生の頃、私はなんだか苦しくて、暇を見つけては旅に出ていた。世界一周も、スペイン巡礼の旅もそうだった。

言い換えるとそれは、日本の社会からの逃げだった。でも、わたしはなんだかしんどくて、言い様のない重圧から逃れるために、旅に出ていた。

スペインを巡礼している途中、とあるカナダ人のカップルに出会った。ナタリーとティム。共に67歳の大学教授だ。20年近くの連れ合いだという。カナダの中西部のサスカチュワン地方の小都市で、6人でルームシェア暮らしをしているそうだ。

帰国後は、共に環境活動に関わってゆくつもりだ、と、ナタリーはほがらかな笑顔で言っていた。

彼らがあまりにもぴったりと寄り添っているので、私はずっと彼らを夫婦だと思っていた。けれど、知り合ってから数日経ったある日、ナタリーにふと、「あなたの夫はどこ？」と聞いた時、「夫じゃなくて、パートナーよ」と言い直されて驚いた。

ナタリー曰《いわ》く、「一度、籍を入れて〝みた〟」ものの、しっくりこずに、やめてしまった、という。

「なんで結婚しないでも平気なの？」とナタリーに聞くと、ナタリーは微笑みながら言った。

「安定の道、自由の道、どちらがあなたの道？」

考えるよりも先に、答えは出ていた。

「もちろん、自由の道！」

するとナタリーは、極上の笑顔でこう返した。

「当然、私も同じよ！」

結婚も仕事も経験していない私が、自由への道！　と即答できたのは、もしかしたら当たり前かもしれない。けれど、それと同じ回答を、3倍の年月を過ごしたおばあちゃんが、言い切る、ということに、私は驚かざるを得なかった。

彼女の声はまっすぐだった。彼女のまっすぐな背骨から、ストレートに引き出されたような、そんな凛々《りり》しさがあった。

まっすぐな背骨が、彼女自身の、ものさしだった。

「自由な道から安全な道へのバイパスはないの？」

と聞いたら、

「あるわよ！　結婚という道が。でもその選択肢はないわね、一生！」

そう言ってほがらかに笑うナタリー。

巡礼の道を歩いている人の生き方は、両手両足では数えきれないぐらい、多様だった。

これまでの仕事を捨てて、道の上に、新しい巡礼宿を、自分たちの手だけで作ったり。歳を取ってから、夫婦で世界旅行しながら、息子たちと合流して一緒に歩いたり。あるいは、巡礼中に出会ったブラジルとスペインの遠距離カップルは、お互いの愛を確かめ合うために、二人で毎年、この道を歩いていると言っていた。それが私たちのデートよ、って。

女は何歳までに、結婚したほうがいい、というものさしから、遠く遠く、離れた人たちだった。そんなものさしを押し当てたら、ぱっきり割れて、飛んでゆきそうだった。

ものさしを押し当ててくる人に、ずっと、怒っていた。

でも、本当は、その気持ちは痛いほど、分かるんだ。

幸せに不安を感じた時、ざわっとする心を止められない時、ついつい、人に押し当てたくなるその感じ。

同時に、他人のものさしで、測ってほしくなる。

私は、大丈夫ですか？　って。

ものさしに測られることが、怖いんじゃない。

それをはねのけられないこと、そして、ふとした時に、他人をものさしで測ってしまいそうになる、自分が怖いんだ。

人の幸せを測って、ああだこうだ言うのは、とても簡単だ。テレビも、インターネットも、自分たちの痛みをちょっとだけ止めるための言葉で溢れている。

そういう人を見るたびに、いつも思う。

「お前はどうなんだよ」と。

次に思う。

「自分はどうなんだよ」と。

他人のことはどうでもいい。旅も、巡礼の道も、他人のペースに合わせることこそ、よしとされない。それはきっと、人生も同じだ。

67歳になってなお、自分の道はこっち！　と、ほがらかな笑顔で、言いきれる人間になりたい。

ものさしは、自分の背骨だけ。

ネガティブはエネルギー

真昼の強烈な太陽が、じりじりと皮膚を焼く、巡礼8日目のことだった。

足場の悪い砂利道を、四苦八苦しながら、よろよろと歩いていた時。急に、ドイツ人の巡礼者、ヘイガーが後ろからものすごいスピードで追いついてきた。彼は、マルコスやルカスと同じ、最近仲良くなったグループの一員だ。話しかけずとも、感情が昂《たかぶ》っているのが分かる。どうやら、グループの中でケンカをしたみたいだ。声をかける暇もなく、そのまま、私を追い抜いて行った。

ヘイガーは元軍人で、ヒッピー風にあごひげを伸ばし、腕にびっしりと入れ墨を入れている。そんないかつい彼が怒っているのだから、ハタから見ていると、かなり怖い。ドイツ語でなにかをブツブツののしっている。

しかし、太陽がこんなにもさんさんと照りつける中で、どんなに怒り狂っていても、周りに見えるのは、ぽかんと殴りつけられたように真っ平らな大地と、黄金色の小麦畑、それに負けないくらいに濃い青の、どこまでも続く広い空である。なんだか、怒っていることがちっぽけに見えてくる。

巡礼中、感情を爆発させながら歩いている人に出くわすのは、これが初めてではなかった。号泣する人。

宿で酔っぱらって、ついつい祖国から抱えて来た感情を爆発させる人。

一緒に歩くパートナーと、殴り合いのケンカをする人。

メキシコ人とフランス人のカップル、セザールとアンナは、道ばたでしょっちゅう取っ組み合いのケンカをしていた。フランス人女性のアンナのほうが、圧倒的に強かったけど……。

そんな彼らも、爆発したあとしばらくすると、けろりとしていちゃいちゃしている。

そういう人々を見ていると、感情を爆発させるのも、悪くないなと思えてくる。

この道は不思議だ。歩けば歩くほど、フェイクの欲望が削《そ》ぎ落とされて、生の欲望が顔を出しはじめる。たとえば、人とつながりたいという欲望。自分のことを分かってほしいという欲望。思ったことを、素直に口に出したいという欲望。

日常生活の中で、自分で自分にかぶせていた仮面が、一歩一歩、進むごとに、強い日差しに打ち割られ、ぼろぼろと、はがれ落ちてゆくのが分かる。

ここではネガティブな感情を露出することも、全然、厭《いと》われない。むしろ、歓迎されているようにすら思える。

夜、宿で休んでいると、ヘイガーが近づいて来た。

「今日はすまなかったな。つまらないことで、グループの一人とケンカしてしまって」

ドイツ人もどちらかといえば、感情を表に出すのが苦手な人々だ。時間の正確さ、礼儀正しさ、他人との間に一線を引くところ……。以前訪れたベルリンの、直線的な街並みは、なんだか日本と同じ硬い手触りがした。

「たとえば、人がぎゅうぎゅう詰めの地下鉄や、モノがいっぱいに溢れて押しつぶされそうな大都会で、自分の感情と落ち着いて向き合うのは難しい。自分の感情を、周りがみんな追い越しちまうから。そのうち、自分の感情を否定しはじめる。これは、大都会の生活には必要ないものなんだ、ってね」

確かに、そうだ。身体は感情のプロテクターだ。身体がこわばれば、感情も萎縮する。大都会でぎゅうぎゅうに身を寄せ合って、不快な他者から身を守るように身体を小さく、固くしていれば、そのうち、自分の感情を閉じ込めてしまう。

ヘイガーは続けた。

「でも、ここでは違う。いくらでも自分の感情と向き合っていい。否定しなくていい。ネガティブな感情も、全部自分の一部なんだ。

ここは、自分の中身を覗いて、洗いざらい、ぶちまける場所なんだ。感情の濁流が溢れ出す瞬間——俺たちはエクスプロージョンと呼んでいるけれど——それが襲ってくる瞬間はたくさんある。この道中、俺は度々大声で泣いたし、恥ずかしいけど、怒りをぶつけたこともある。でも、大丈夫なんだ。それが心の奥底からの本当の感情なら、必ず誰かが受け止めてくれる。それに、そうしてみて、思うんだ。自分の国で、出さないように抑えていた感情は、本当に我慢すべきものだったんだろうか？　って」

それを聞いて、薄ぼんやりと、就活中のことを思い出した。

とある新聞社の面接を受けた時だ。

面接の前に、家族構成とその名前までもをアンケート用紙に書かされるような、古風な企業だった。

パーテーションで区切られた面接のブースに入ると、面接官のおじさんは、ちらりとアンケート用紙を見るなり、

「お父さんいないの？」と、一言、言った。

その言葉が、しゅんと耳奥に沁《し》み込んだ瞬間。口がからからに干からびて、話せなくなった。心臓が、どくどく鳴るのをおさえて、私はただ、相手の顔をぼうっと見ていた。

多分、この企業に入れる人は、こういう時に「あははー、そうなんですー、お父さんいないんですよー！」と、明るく言える人、なんだろう。

私は、言えない人。この会社には、入れない人。

この時、明るく「いないんですよ！」と言えたら、私は満点をもらっていただろうか。あるいは、ムッとして、その場で席を立つぐらいの瞬発力があれば、嫌な気持ちをひきずらずに済んだだろうか。あの時、どちらもできなかった、愚鈍な自分の震える声が、ずっと記憶の底に刺さって、今も、抜けない。


私は一体、何を我慢していたんだろう。

本当は、私はあの時、とても、怒っていたんだ。

怒っていたけど、怒っている自分が間違っているような気がして、怒りを瞬間的に、封じ込めた。テープでぐるぐるまきにして、記憶の底に沈めたのだ。

本当は、怒りたかったのに。

怒り、悲しみ。苦しさや劣等感。ネガティブな感情を出すのは、ずっと、いけないことだと思っていた。「いいね！」が押せるものだけが、明るくてキラキラしたものだけが、存在価値のあるものだと思っていた。キラキラしていない、自分のどろっとした感情は、持っていないフリをして、生きていくしかないと思っていた。

　誰もがいい人になろうとする。SNSは「いい人」のショーウィンドウだ。一人で生きて行くには、皆弱いから、「いい人」のフリをする。「いい人」になることで、保険をかけて、生き残ろうとする。「いい人」のインフレ。

　でも、なんだか苦しい。だからそれは、別の形で爆発する。反転して、今度は過剰な「他人叩き」が始まる。Twitterは感情の洪水だ。他人へのネガティブな思いが寄せ集まれば、濁流となって、相手を飲み込む。もしくは、過剰な自虐で自分を慰める。

　表と裏が、水と油のように、なんだか上手く混ざってはくれない。

　でも。

　この巡礼路はそんなありふれた「我慢」が一切意味を持たない場所だ。泣き、笑い、怒り……。誰もが、突然内側から溢れ出た感情に、とまどいつつも素直に従い、惜しみなくさらけ出している。うわべだけは研磨され、手触りよく整えられていた気持ちが、ある瞬間、ごつごつした原石に逆戻りする。

　この道で皆が直情的になるのは、幼稚な願望の発露なのかもしれない。けれど、自分の国に帰った時、こんなふうに自分の感情を素直にぶつけられる場所や相手がいないことは、本当はとても悲しいことなのではないだろうか。うまくやらないといけないんだろうか。私たちは。「いい人」以外は、価値がないんだろうか。泣きたい時に泣いて、怒りたい時に怒りたいと思うのは、幼稚だろうか。心が弱い証拠なのだろうか。弱いのはいけないことなのか。

奥谷まゆみさんという人がいる。私がパニック障害を患ってから、ずっと、身体を見てくれていた整体師さんだ。

彼女はいつもこう言っていた。

「イライラしたり、悲しかったり、不安だったり、っていう感情はね。実は、余ったエネルギーを消費しようとして生まれるものなんだよ。たとえば、鬱病になったり、リストカットをしたり。そういう人こそ、身体をさわってみると、実はすごくエネルギーが溢れている。本当はすごくタフな身体を持っている。だって、そのネガティブな感情に負けないだけの身体を持っているんだからね。でも、その巨大なエネルギーを発散する方法を見つけられずに、自分に向けてしまうと、『心の病気』という形で出てしまうんだ。感情自体は、悪い物じゃない。感情は自分の行き場の無いエネルギーを上手く外に出すための道具だから、我慢しないほうがいい」

ずっと、ネガティブな感情は殺さなければいけないものだと思って生きてきた。

でも、違う。

ネガティブは力なんだ。

本当は、別の形をもって、芽吹くかもしれないエネルギーなんだ。

誰もが芽を出すエネルギーを持っている。

他人の負の感情を見た時、人は嫌な顔をする。誰も、誰かが怒っているところを見たくない。私もそうだ。でも、どんな感情も、その人のエネルギーの発露なのだ、と思えば、優しい目で相手のことを見られる気がする。相手の内側にあるものが、じわじわと外に現れてくるのを、その人と一緒に、待てるような気がする。

悩み、苦しみ、怒り、悲しみ。それらの負の感情を人の中にかいま見る時、その人の身体から、何かが芽吹こうとしているのを感じる。芽吹きたくてたまらなくて、でもどんなふうに発芽したらよいのか分からなくて、その方向性を、じっくり身体の内側でさぐっている、その人の内的な感受性の巡りを感じる。春を待つ動植物のように、じわじわと迷いながらも、芽吹く時を待っている、彼らのエネルギー。

怒りや悲しみの負の感情も、愛や慈悲も、すべて、一人の人間の両端だ。

般若の顔も、聖母の笑みも、すべて一枚の表と裏だ。ただ、その渦中にいる人間は気づかないだけなのだ。自分が強いエネルギーを持っていることに。

ネガティブは悪いことじゃない。病気になったり、落ち込んだり、悩んだり。一見、マイナスに見える人こそ、実はとんでもないエネルギーを秘めている。

ネガティブな感情は、その人の可能性だ。

ただ、本人が気づいていないだけなのだ。

私はいかにして、自傷をやめたのか

今から私が自傷をやめた時のことについて話す。この話をするのは少し勇気がいる。なぜなら、多くの自傷経験者がそうであるように、私にとってこの時の経験は、今ではとても恥ずかしく、できるなら記憶から消してしまいたいくらい、みじめなものだからだ。

ただ、私はその時のことを書いてみたいと思う。

この本では、書かなければいけないような気がする。

私が自傷をしていたのは中学3年の春から冬だ。

それまでは文化祭の実行委員をやったり、体育祭で応援団長をしたりと、わりと活発な生徒だった。それが、体育祭が終わって、暇になったとたん、手首を切りはじめた。

あの時の私は、とんでもなく鈍かった。

鈍いと同時に、とんでもなく怒っていた。

親からの過干渉と抑圧に対して、なんでお前の正しい教育を押し付けてくるんだ、もっと自由に生きさせてくれ、私の感性を殺さないでくれ、と怒っていた。その、やり場のない怒りを、血液に変えて外へと吐き出していた。

「瀉血《しゃけつ》」という方法がある。腕の血管に注射針を刺すと、血が勝手に溢れてくる。傷跡も残らない。傷を残したくなかった私は、この方法を採用した。インターネットの通販サイトで注射針を入手して、腕の血管に刺す。ぷつっと皮膚の下に感触があり、注射針のお尻から、ぶわっと血が噴き出す。

とっても気持ちがよかった。何かを吐き出す行為というのは、なんにせよ、気持ちがいいのだ。セックス、生理、排泄。少々乱暴な言い方をすると、自傷もこれらと同じだ。行き場のないエネルギーを、何かに乗せて、外へと出し切る。血が出れば出るほど、腹の底にたまった母への怒りと憎しみが、身体からすっと、抜けてゆくような気がした。

私が自傷をするようになって、慌てたのは祖母だけだった。私にはそれが気に入らなかった。母は私が自傷をしていることは知っていても、それに言及することは、めったになかった。母の関心は、私のテストの成績と、私にこれまでかけた教育費のことだけだった。私の日記帳に出てくるクラスメイトの〇〇ちゃんは、成績のいいグループにいるのか、それ以外なのか、そうじゃないなら成績がいいグループの子と私が仲良くなるにはどうすればいいのか。私自身には、まるで無関心だった。

私はやがて、溢れる血をバケツに溜めはじめた。バケツの中に、ちょろちょろと、注射針のお尻から、腕を伝って流れた血がたまってゆく。血液は一定以上の量になると凝固して、ぶよぶよのゼリー状になる。それはもう、個人の肉体の一部だった。肉体をつかって、肉体をつうじて、私は怒りを表明したかった。言葉をもたなかったからだ。私はまだ中学3年生で、言葉はまだ、異国の武器だった。

私はそれを、母の食卓の上に毎日、置きはじめた。

母が帰宅するのは毎日、深夜12時を過ぎてからだ。しかし、それはその都度、祖母の手によって片付けられた。よって、母の目に触れることはなかった。私は怒り狂った。無視されていることに。メッセージが伝わらないことに。祖母は、あれはあれで母を守っていたのかもしれない。家庭が正常に機能するように、愛情から来る行いだったのだろうと思う。しかし、それをもって、私の自傷はますますエスカレートした。

バケツの内容が吐瀉物に変わることもあった。母はその頃、私の醜さを指摘するのが日課だった。太っているとか足が短いとか尻が垂れているとかいう、母の指摘に応えるべく、私は必死にダイエットしていた。ダイエットしながら、母からの侮辱に対する膨大な怒りを吐き出すべく、げぇげぇ吐きまくっていた。

吐いたものを母の机の上に置く。そのあとは部屋に閉じこもり、耳をそばだてる。しばらくすると、トイレから、こぽ、こぽと祖母が吐瀉物を捨てる音が聞こえてくる。私はがっかりしながら、疲れ果てて眠りにつく。

ああ、今日もこの苦しさを、分かってもらえなかった。


母は私を無視し続け、私はバケツを置き続け、祖母はそれを片付け続けた。

私たちの家族はまるで、枷《かせ》をはめられたようにそれ以外のコミュニケーションが取れなかった。

たぶん、あの時私に、自分の感情を適切に表現する言葉と、肉親にそれをきちんと伝えられるだけの勇気がもしあったら、自傷など、しなかったと思う。

けれど、私にはそれができなかった。

文化祭を仕切れても、スピーチができても、本当にコミュニケーションが必要な相手とほど、なぜか、上手く話せなかった。上手く、関わり合えなかった。だから、仕方なく、手首を切っていた。

こっちを見ろよ。

私はあの時、自分を傷つけることで、全身で母に話しかけていた。全身でメッセージを送っていた。冷静に考えたら、どう考えても、伝わらないやり方で。

自傷をしている人は、実は、すごく鈍い。

よく、自傷は、感受性の豊かな、繊細で敏感な人がするものだ、と思われている。それはそれで一理あるけれど、私はそれは違うと思う。

だって、自傷は自殺と違って、生きるためにやってる行為なのだ。だから、行う本人の耐久性はハンパじゃない。感度が高かったら、それこそ「イテテテ」ってなっちゃうでしょ。痛さをずっと味わうために、自分の感度を、わざと下げる。そうすればずっと自分で自分を傷つけられる。自傷は刺激の自給自足だ。

人間、他人から攻撃を受け続けると、ある時、急にかんっと、外の世界に対する感度が下がってしまう。そうじゃないと、とても自分がされていることに耐えられないからだ。ハードな現実から自分を守るために、がくっと外への感度を下げる。その感覚のまま大人になると、自分が傷ついていることに、鈍い大人になる。本当は傷ついているけれど、そのストレスに耐えられないから。

したことはないけれど、理由なき売春も、理由なき殺人も、同じリクツのような気がする。身体の中に、怒りが溜まっている。それは、いじめられた怒りだったり、親に無視された怒りだったり、周囲の人に大切に扱われなかったことに対する怒り。けれど、どうしてかそれを言葉にするすべを持たない。言葉にできないから、別の形で、放出するしかない。鈍い身体、現実に対しての鋭敏さを失った身体を、現実につなぎとめるための、肉体的なリアリティとしてそれを自分に返す。

それは、なんとか生きてゆきたいという気持ちの裏返しだ。自分にとってよくないと分かっていても、エネルギーを吐き出さないほうが、もっと身体に悪いと、本人たちは直感的に分かっている。

そこには、「命を粗末にしてはいけません」とか「自分を傷つけてはいけません」とか「自分を大切にしないのはいけません」といった倫理は通用しない。

本人たちの絶対的な主観の中で、自分を現実につなぎとめるためにやっていることだから。

私はこの時、自分で自分を傷つけても平気なくらい、ものすごく鈍かったのだ。

攻撃されたくない。攻撃されたくないと思いながら、どんどん、どんどん、自分を鈍くしてゆく。と同時に、自分で自分を攻撃する。自分でわざわざ入った檻《おり》の中で、創り出した虎と闘っている。怖い、怖いって。でもそれが偽物だってことに、気づくのは無理なのだ。「それはお前が作った虎と檻だから、無駄だよ」って言われたって、中にいる人間には分からない。だってそれは本人の、ごくごく小さな承認の問題なのだ。ごくごく小さな、でも外せない葛藤のポイント。何らかのきっかけがない限り、本人が、そこから出てくるのは、難しい。


自分との闘いがやめられない。

あの時の私は、生きるために必死に切っていた。必死すぎて、周りのことなんてとうてい見えていなかった。もう、必死なんだから、放っておいてよ。

私にとっては、自意識が世界のすべてだった。外界と自分とを遮る膜の中に、ひりひりとした自己像だけがあった。外に出ようとすると、それは痛んで、私は外に出られなくなった。家族という膜の内側が、私のすべてだった。


しかし、ある時その膜が突然、破られる事件が起こる。

私のリストカットと食べ吐きは、少しずつ、周囲にばれていった。学校でも、最初は担任、そしてクラスメイトと、少しずつ、問題になっていった。

あれだけトイレでげぇげぇ吐いていたら、そりゃばれるだろう。わたしの学校はおっとりのんびりしていて、あまり生徒のやることに、やいやい言うほうではなかったけど、それでも、やはり、問題にされた。

しまいには、「小野が学校のトイレで手首を切っている」ということになったらしい。私は学校で自傷したことはなかったが、まあ、そう思われても、仕方がないよなと思った。

ある日、放課後の教室で行われたそれは、さながら小学校の学級会だった。先生に自傷について聞かれているところに、クラスメイトの女の子たちが集められた。そのうち、なぜか一人ずつ、私の自傷について、意見を述べていくスタイルになってしまった。

「身体を大事にしてほしい」「悩みがあるんだったら言ってほしいです」

一人一人、クラスメイトの女の子たちが意見を述べてゆく。

でも、私は、その中で、きょとんとしていた。べつに、他人がどうしようと、勝手じゃないか。なんで、この人たちは、いろいろ言ってくるんだろう。

そのうち、その場にいた一人の女の子が泣きだした。

優しくて、みんなから好かれる優等生だった。

私はぼんやりそれを眺めていた。

なんで泣くんだろう。私の身体をどう扱おうが、私の自由なのに。

ああ、家に帰って、また、切りたいな。

その時だった。一人の女の子が、突然、さっと手を挙げた。

色黒で、いかにも快活そうなバスケ部の女の子だった。

「キモチワルいからやめてほしい」

「あんたが学校のトイレで、吐いたりしてんの、キモチワルい。だからやめてほしい」

矢のような速さの言葉だった。

周りの子は、全員、「えっ、それ、言っちゃうんだ」という顔をしてその子を見ていた。

皆、私が怒りだすのではないかと、固唾《かたず》を呑んで見守っていた。

しかし、私の頭の中に浮かんで来たのは、怒りでもなんでもない、全く別の感想だった。

（あ、そうか、わたし、キモチワルいんだ）

私は自分の世界に一生懸命すぎて、その行為が他人にとって「キモチワルい」かどうかまで、全く頭が回っていなかったのである。

私は他人にとってキモチワルい。だからうまいこと、行ってない。それは、とても分かりやすい公式だった。自分の内側で延々とはじくそろばんよりも、すごく単純で、明確な解が、外側から飛んで来た感じがした。

泣いて、同情してくれる同級生よりも、私はその「キモチワルい」と言い放った少女の意見のほうに、より深く納得してしまったのだ。「身体を大事に」とか「内申に響くから」とか「親が悲しむから」とか言われるよりも、ずっとリアルな、〝他者の意見〟。

それは、初めて他者の持つ感覚が、私の中に実体をともないめり込んで来た瞬間だった。初めて他人が、自分の中に、飛び込んで来た。はっきりとしたまなざしを持って。

大げさに言えば、私はそこで初めて他人の意見にぶつかったのである。

私の周りには、社会があって、他人がいる。私はこの時、家庭という繭《まゆ》の外の他人に、初めて出会った気がした。

彼女の、まっすぐこちらをめがけて飛んで来た矢の速さの言葉が、ぱちんと私の現実と自分の世界の間にある膜をやぶいた。

私はこの時、

「自分の身体は、どうやら自分の好きなように扱っていいものではないらしい」という事実に、初めて気が付いたのである。

そして、それは、「世界というのは、生きるというのは、『自分の身体なんだから、自分の好きに扱っていいじゃない』という論理だけでは決して成り立たないほど、どうやら複雑怪奇なものらしい」ということを、初めて肉の感覚としてとらえた瞬間でもあった。

なんとなくだけど、この「自分の身体を好きに扱ってはいけない」という事実は、根底で

「人を殺してはいけない」という論理と、地下水脈のようにつながっている気がする。全く正反対に見えて。

「キモチワルい」と言われてから、なぜだか私はだんだん、手首を切らなくなった。学校にも、普通に行くようになった。

今でもその時のことは、うまく思い出せないし、大人になって脳が整合性を保つために創り出した辻褄《つじつま》合わせかもしれないけれど、その一言に触れた瞬間の感触は、でも、腑に落ちるものだったのだ。

私たちは、他者からまなざされることなくしては、生きてはゆけない。

私は人より「自分の世界」に酔いやすい人間だ。今もきっとそうだろう。なんて狭い世界に生きてるんだろう、と思う。もっと自分を失くして、フラットに世の中を見られたらいいのに。でも、しょうがない。自分の世界の外側に、視点はおけない。けれどもその代わり、私はその後、さまざまな場面で、自分ではどうにも動かすことのできない、他者からのまなざしに何度もぶち当たって、そのたびに、繭を捨てることを教えられて来た。

他人のまなざしを借りることなくして、わたしはわたしを見つめられない。わたしはわたしを見つけられない。

「他者がいる」ということは、こんなにもありがたいことなのか、と思う。

矢のような言葉を放った彼女は、わたしにとって最初の「他者のありがたみ」になってくれた。遠慮のない、「自分のまなざし」で、私を見つめてくれた。

そうやって私をときおり彼岸から、現実の世界に呼び戻してくれる、他者のまなざしによって、私は今日まで生きてこられたと言っても過言ではない。

他者にハラを立てながら、辟易しながら、分かり合えなさに地団駄を踏みながら、それでも一緒に生きてゆけるのは、他者に囲まれた状態が、ひとえに、「ありがたい」からなのだ。リクツじゃないのだ。他者のいる重みというのは。それがどんなにウザったくて、めんどくさいものであっても。

他人との出会いは、手ばなす、ことにつながっている。

他人との出会いはエラーなのだ。予想し得ないエラーを起こしてくれるのは、いつだって他人だ。

未知の他人に出会った時、それがこれまでの人生において、経験したことのないような出会いだった時、その瞬間、私たちは一度、自分を失くす。

何も無いゼロの平野の中に、私たちは、生きる手がかりを、再び発見する。

ハラを立てながら、辟易しながら、分かり合えなさに地団駄を踏みながら。
それでも、私は他者と出会いたい。

六本木のまんこ

18歳。処女だった。
処女で、どうしようもなくセックスに憧れていて、ルサンチマンとコンプレックスをギラギラに輝かせて自分を守っている、六本木のキャバ嬢だった。

4月。行きたかった大学に行けず、第三志望の大学の入学式にいやいや足を運んだ私の目の前に広がっていたのは、見たこともないような甘い未来だった。

飾り付けられた、ぴかぴかの校舎。高校から大学へ。その敷居をまたいだばかりの子どもたちが嬉しそうに大講堂から雪崩《なだ》れ出る。彼らを待ち構えるのは、サークル勧誘という名の巨大な祭典だ。

印刷したばかりのシラバスと、新生活応援のフリーペーパーと、授業選択のガイドラインのインクのすっぱい匂い。そのあいだを、まだ若草の匂いのする汗と、つけ慣れない香水のあまい香りのいりまじった体臭をふりまきながら、着慣れないスーツに身をつつんだ18、19の子どもたちが、うっとりとした目でさまよい歩く。

「一流私大」とかっこつける、その大学のキャンパスは、持てるだけの軽薄さとイケてる感をありったけに発揮して、うなるように輝いていた。

中庭に降り注ぐサークル勧誘のビラの数だけ、未来があるような気がした。

すらりとした体軀《たいく》の、こなれた服装の男の先輩たち。彼らは、ついこの間までせまい教室で肩を並べていた高校生の男子のように、騒ぐことも、下卑た冗談で互いをちゃかし合うこともせずに、長い足をゆったりとくつろがせ、新入生の女の子たちを楽しませることに、ただ、ただ、従事している。女の子たちのほうも、すでにどうふるまうべきかを熟知して、男の子たちの手のあいだを泳いでいるように見えた。

「こんな大学行きたくない」とふてくされていた私は、あっさりと宗旨《しゅうし》替えした。若い熱狂の渦の中で、この波に乗れていない暗い顔をした私だけが、なんだか浮いているように思えた。

はやく、ここに馴染みたい。

はやく、はやく、この宝石箱のようなキャンパスで、男の子に求められる、大きな一粒になりたい。

大学に入ったばかりの、男性との交際経験がなく、容姿にも自信がない女子学生にとって、そこで恋人をつくることは、何にも勝る最優先事項だった。行きたい大学に行けなかったルサンチマンを、ひりひりと痛む傷を早く消したくて、私はそこに、恋愛という強い薬を塗りこんだ。

シラバスと同じぐらいに分厚い「CanCam」を、教科書代わりに「小悪魔な女になる方法」を読み込んで、わたしはそうして、入ったサークルの中の上から3番目くらいにかっこいい、堅実な……堅実という言葉以外には形容できないほどに堅実な、2年の男の先輩と付き合いはじめた。

2週間後、私は処女を失う機会を得た。——完璧な計画とタイミング。完璧じゃないのは、私のコンディションぐらいだった。膣だって筋肉だ。緊張したら、入るものも入らない。そんなこと知る由もない私の女性器はガチガチになり、相手の男性器を拒否した。私にとって、私の性器はまだ、私のものではなかった。あまりにも第三者的な失敗に、私はうろたえるしかなかった。相手は、なんのリアクションも返してこなかった。

そのまま、関係は崩れるようにして途絶えた。数週間後、私の耳に入って来たのは、彼が私と同い年のゆるふわ系の茶髪の女子と付き合いはじめたという噂だった。彼女の、顔ではなく、「CanCam」の最新号に載っていそうなパステルカラーのニットの色だけが、目に焼き付いていた。自分と同じブランドであろうそのセーターは、彼女のほうには、とてもよく似合うのだった。私は黙ってサークルをやめた。

チャラサーの、よくある茶番。茶番だけど、一人の処女の自尊心を叩きのめすには、十分すぎる出来事だった。


やっぱりこんな大学、わたしの居る場所じゃなかったんだ。行きたかった大学を、もう一回めざそう。私は仮面浪人を始め、親に内緒でこっそり予備校に通いはじめた。と同時に、予備校代を稼ぐため、キャバクラで働くことを決意した。

もしも今、当時の私に会えるのなら、全力でツッコミたい。「どっちかにしろよ！」と。

ただ、その時の私はもう、何から手をつけたらいいのか、分からなかったのだ。

狂ったようにモテたかった。とにかく誰かに、君はOKだよ、と言ってもらいたかった。

女の性が最大の価値を持つ場所、そこに受け入れられることが、私が大丈夫であることの証明になる気がした。それが、あのゆるふわ茶パツと先輩に対する、最大の復讐だと思った。

学歴コンプレックスと、容姿のコンプレックス。その二つでじりじりと内臓を焼け焦がし、その一方で、大学の中では浮きたくなくて、マルイで買ったさえないピンクのニットを着て、ビミョーに髪を巻き、好きでもないパステルカラーのスカートを穿く、何もかもが中途ハンパな18歳。それが私だった。

日本有数の歓楽街、六本木。そこで受け入れられれば、私はそこで最大のＯＫをもらえるはずだ。

手始めに私が応募したのは、自由が丘のクラブだった。自由が丘ぐらいなら、せいいっぱいおしゃれすれば、私でもひっかかるはず。

が、私はここでとんでもないはずれクジを引くことになる。

入店初日、まだドレスも何も持っていない私は、お店に衣装を借りることになったのだが、なんとそのドレスは、とんでもなくワキガくさかったのである。

おそらく、何ヶ月もクリーニングに出していない。ワキの部分には、淡いブルーの布地に、くっきりと黄色い汗染みが浮かび上がっている。わたしは打ちのめされた。いくら私だからって、それはないじゃないか。

しかし、全くもって謎なのだが、私はそれをなぜか申告することができなかったのだ。親切心で貸してくれたママに悪いと思ったのかもしれない。なんか恥ずかしかったのかもしれない。ともかく、私は店の営業時間中、その強烈なワキガ臭を放つドレスを着続けた。

お客さんも、お姉さんも、無言でどん引きしているのが分かる。キャバクラなのに、お客さんが30センチ以内に座ってくれない。

違うんです！　これ、私の匂いじゃないんです！　そう言い訳したくても、それを伝えられるだけの耳アカ程度のコミュ力すらも、私は持ち合わせていなかった。営業時間中、私はにっこり笑顔で異臭を放ち続け、お客さんには避けられ続けた。閉店後、私は羞恥心と屈辱感でボロぞうきんみたいになりながら、ソッコーで店をあとにした。

もう嫌だ。

こうなったら、日本一の場所を目指そう。そこまで行けば、少なくとも、ワキガのドレスは着させられないはずだ。

そう思って私は六本木を目指し、面接で落とされまくりながらも、なんとか真ん中くらいのレベルの、中規模の店のヘルプとして採用されたのである。

初めて足を踏み入れたキャバクラの店内は、大学なんか比べ物にならない、女の激戦区だった。

折れそうなほどに細い女の子。ミスユニバースかと思うくらい、プロポーションの完璧な女性。卵子の時は皆等しく丸いはずなのに、どこをどうして何をいれたらそんな形になるの、それどうなってんのと思わず口の中を覗き込みたくなるくらい美しい女子たちが、テーブルの周りを軽やかに飛び回っていた。

彼女たちがものの15分でやすやすと男たちと関係を作り上げる横で、私はただ、ひ弱に愛想笑いをするだけの存在だった。「関係に報酬が与えられる」。こんなにもクリアな図式の中ですら、私はどうふるまえばいいのか、全く分からなかった。女の子とすらも上手く話せない私を、男たちは皆スルーした。女の子も、マネージャーも、送りの車のドライバーさえも私をスルーした。黒服の一番下っ端の、ニキビ面のしょうもない男だけが私を口説いた。スルーされてスルーされてスルーされまくって、ここでは私の価値は無に等しかった。

なんでだろう。なんで私は、だれとも関係できないんだろう。

この店の女王の存在に気づいたのは、入店してから1ヶ月くらい経った後のことだった。週に1度か2度、彼女は店の奥のＶＩＰ席にのみ現れた。隣にいつも、ごっつい客をはべらせて。

マキさん。年齢は30半ばくらいだろうか。取り立てて美しい顔立ちではない。崩れる一歩手前の、ギリギリのライン。にもかかわらず、彼女には地の底から湧いてくるような、壮絶な色気があった。彼女が来ると、さすがの鈍い私も気づくぐらい、びりりと店の雰囲気が変わった。彼女よりも、若くて美しい女の子はたくさん居たけれど、この店での彼女の重要度の高さは、マネージャーの態度で窺《うかが》い知れた。

彼女の秘密を知ったのは、ヘルプとしてマキさんのテーブルに着いた時のことだ。マキさんに近づくのは、それが初めてだった。あれっ。斜め向かいに座った時に、私は軽い違和感を覚えた。その正体は、すぐに明かされた。彼女に腕を絡めた、堅気に見えない男性客が、秘密をばらしたからだ。

「こいつね」、タバコのヤニくさい臭いをまき散らしながら、男は下品な笑いを浮かべて言った。「手術してんの。もともと、こっちなんだよ。俺の金で、手術させてやったの」そう言いながら、男は嬉しそうに親指を立てた。根元に塡《は》めた金の指輪が、ぎらぎらとブルーライトを反射していた。

すぐには意味が分からなかった。えっ、えっ。うろたえる私を、マキさんは無言でつまんなそうに見ていた。まるで自分の話じゃないみたいに。3秒置いたのち、半笑いで「へ、すごーい」と返した私をぎろっと睨《にら》んで、彼女は言った。

「あんたなんでこの店で働いてんの」

私はなぜだか、怒られる、と思った。

冗談で返すことは不可能だった。もうすでに、ドレスの内側に隠した、暗く醜いルサンチマンの色を、見抜かれている気がした。

つくりものめいたキャバクラのノリが、彼女の声が届いた範囲だけ、刈り取られたようにすうっとシラフに戻っていった。

身体を凍り付かせ、しどろもどろになりながら、私は、大学を受け直したいこと、そのためにお金がいること、今は仮面浪人中であることを話した。衣装を脱ぐしかなかった。彼女の前で、飾り立てた存在でいることは、全くの無駄な気がした。私はもう全くただの、18歳の、そのへんの女の子だった。

彼女は茶化すわけでもなく、黙って聞いていた。マキさんの隣の男も、なぜか黙っていた。

「ふーん」

マキさんはしゃべり終わった私の目を見ながら、ゆっくりと、深いトーンでひとつひとつ、確認するように話しかけた。

「で、受験生なのに、ここで働いてんだ。モテたいから」

マキさんはタバコの煙を一吐きして、こう言った。

「あんた、勉強好きなの?」

分からなかった。

なんで私、したいのかも分からない勉強、してるんだっけ。誰かを見返すんだったっけ。でも、なんのために? なんでやめるつもりの大学、行ってるんだっけ? なんで私、ここで働いてるんだっけ？

彼女はふいに、手元のグラスを飲み干すと、急に顔を近づけてこう言った。

「私のここ、見せてあげようか」

そう言ってマキさんはちょっとだけ足を開くと、いきなり、ドレスのスリットをめくりあげた。

薄暗いライトの下に浮かび上がるそこには、肉の渓谷があった。

やわん、とたるんだ肉のドレープに挟まれた、光の届かない闇の奥。そこに、中国のマントウのような、ふかふかとした分厚い灰色の肉片が二枚、綺麗に縦に並んでいた。マキさんは長い爪のついた指で、幾重にも重なるその垂れ幕を、左右にそっと開いた。

そこには、穴があった。わたしのと同じ、狭くて爛《ただ》れた色をした、一つの、暗くて、深い、穴が。

マキさんの動作も、見せてくれたものも、全く、下品じゃなかった。でも、全然、現実感がなかった。

私は固まった。マキさんは面白がるように、私の指を手に取って、そこに差し入れた。ほら、空いてるでしょ。

指先が、彼女の湿った闇にふれた。その瞬間、びりびりと、身体中に電流が走ったような気がした。

とんでもないトコロに、手を、つっこんでしまった……。

ゆるふわ茶髪とパーカー姿の先輩の笑顔が、脳の裏側で魚眼レンズのようにぐりんと裏返り、私はそこで、世界を履き違えた。


マキさんはなぜか、冴えないぺーぺーのヘルプの私に良くしてくれた。送りの車代をけちって日比谷線の始発を待つ私になぜか付き合って、六本木のアマンドで午前4時にケーキをつついたり、ハイヤーに乗せて日吉まで送ってくれたりした。

接客のできない私に、いつも呆れたような顔でマキさんはつっこみを入れつつ、でも、本気でダメ出しをすることはなかった。ただし、他の女の子に対して、私が少しでも失礼なことをしていたら、そのとたん、火のように怒った。

「男はどうでもいいんだよ。替えが利くから。でも、同性大事にしないと、店でつまはじきにされるよ！」

「中途ハンパが一番冴えないよ」が彼女の口癖だった。男はみんな、マキさんにひれ伏した。

若い頃の美輪明宏にちょっとだけ似ているマキさんの顔は、女の子の顔の判別も不可能なほどに暗い店内で、いつも美しく浮かび上がって見えた。女だらけの店の中で、彼女だけが男であることを、茶化す人間は一人もいなかった。

彼女のまんこは、六本木の華やかなひな壇の一番上で、男と女の世界の中心で、叫んでいた。「私が女王よ！」って。

私も同じ物、持ってるのに、この差は一体、なんだろう……。

それを知りたくて、私は大学を卒業するまでの間、水商売の世界に、細く長く、居続けたのかもしれない。


おとこのおねーさんのまんこを抜けたら、そこは、別世界だった。

きらきらしたキャンパスライフ、高校の時に思い描いていた、ふわふわの恋愛物語は、遠く背後、焦点を失うあたりで、ぼんやりと明滅していた。ケバくてエグくて苦みを持った、極彩色の現実が、大きな口を開けて私を飲み込んだ。

銀座、六本木。女の激戦区で何十年と闘って来た「おねーさん」たちに、私は毎日、圧倒された。60を超えて大学に行き、70を超えて得度《とくど》した頭ツルッツルの銀座のママ、ファービーみたいにラメラメのマツコ・デラックスが、大企業の社長をはべらせている。

同伴で訪れた、看板のない銀座の寿司屋の奥座敷で、銀行の頭取の隣に座る愛人の女性は、サザエさんみたいな服を着た、フツーのおばさんだった。

ああ、そっか。この人たちは、女で勝負してるんじゃないんだ。「わたし」という魔力で勝負してるんだ。

同時に、なんで私はモテないのか、分かった気がした。

自分が無いから、モテないんだ。

容姿とか、女らしさとか、関係ない。どれだけ女を演じたって、私は私、と言える何かがないから、中途ハンパだから、モテないんだ。


マキさんは25歳の時に女になったそうだ。当時付き合っていた彼氏は彼が女になるのを死ぬほど嫌がったらしい。けれどもマキさんは、手術をさせてくれるという人が現れた時、そちらを選んだ。

すごいですね。はっきりしていて。そういうと、マキさんは「はっきりするしかなかったんだよ」と言った。初めて、その横顔は、少しさびしそうに見えた。

自分が合ったって、苦しい。

マキさんは男を失う代わりに、自分を手に入れた。もう決して埋まらない、「わたし」という穴を。

「私は彼のこと、すごく好きだったから、スゴく悩んだけどね。結局、私は自分の欲望に、逆らえなかった。こうありたいっていう、自分を選んだ。それで嬉しそうにする人もいたし、嫌な顔をする人もいたけど、結局最後はこう思ったのよ。一体誰のための身体よ。私は私のために、まんこ開けたのよ、って」

自分を手に入れたところで、苦しさは消えない。穴とは、一生、付き合わなければいけない。ひりひりする穴の輪郭を感じながら、ひりひりする自分を、感じ続けないといけない。まるでそれは、呪いみたいだ。

でも、彼女にとっては、それはどうしても、手に入れなければいけないものだったのだ。それが手に入ったところで、幸せになれるかどうかは、分からないにせよ。

「わたしはロランス」という映画がある。

高校教師の男性、ロランスは、30歳を超えたある日、「女になる」と決意をする。それまでヘテロセクシャルのカップルとして付き合ってきた恋人の女性は、その申告に驚き、「私はなんだったのよ！」と怒り悲しむが、結局、彼の意志を受け入れ、協力する。性を変えると同時に職を失うが、代わりに、詩人という才能と、新たな容姿を手に入れ、自分に目覚めてゆくロランス。恋人との別離と再会を繰り返し、誰とも理解し合えない絶望に全身を侵されながら、それでも、自分らしくあることを止められずに、ロランスは姿形を変えてゆく。

最後のシーン、恋人がトイレに立った隙に、ロランスは黙ってバーを去る。トイレから戻った恋人は、黙って、空になったバーのスツールを見つめる。

この映画の原題は「Laurence Anyways」だ。Anyway――いずれにせよ。どうしたって。「どうしたって、私は私」。なんだかとっても投げやりだ。でも、この投げやりさの中に、真実があるような気がする。私は私から、逃れられない。私の形を、突き通すことでしか、生きられない。それがたとえ、他人の求める私の形と、嚙み合わなくても。他人の形との隙間に、どうしたって埋められない、孤独が生まれても。

マキさんの横顔にふわっと浮かんでいたのは、そういう種類の孤独だった。誰も救ってくれることのない、孤独。でも彼女は、それをちゃんと、握りしめていた。私は私よ！　って言いながら、その隙間に生じたものを、ちゃんと握りしめていた。

偽りの孤独に酔うことは簡単だけど、孤独でい続けることを選ぶのは、とても難しい。自分の形を知ることは、しんどい。でも、そのしんどさは、自由のエッセンスでもある。その自由のエッセンスは、時々、他人への優しさに姿を変える。

その、しんどさも含めて愛せた時に、ちょっとだけ、私は私になれるのだ。

未解決人間

巡礼に出発してから10日目。今日は、小さな山の頂上で夜を明かす。

山の夜は冷え込む。夜空を見上げれば、黒板のような雲が頭の上をふさいでいる。空気が薄くて、遠近がいびつだ。

することもないので、宿のリビングにある暖炉の前で、巡礼者たちと会話する。小さな宿なので、人数は少ない。

隣に座った韓国人の女の子、ヒジュ。同い年の21歳だ。ヨーロッパの学生が数多く訪れる7月、8月と違い、9月のカミーノ・デ・サンティアゴの道で、学生に出会うことは珍しい。

ヒジュも、韓国での就職活動に悩んで、この道に来たと言った。

「韓国でも、就職活動は大変なイベント。学生たちはこぞって大企業に殺到する。日本と違うのは、それが家族ぐるみってことね。家族も、娘や息子が良いキャリアを勝ち取るために必死よ。大学受験が終わったと思ったら、ヘトヘトのまま、またすぐ次の競争が待っている。

学生たちはもう死にそうよ」

日本でも韓国でも、就活はまるでレースだ。一瞬でも気を抜けば、ライバルに負ける、その恐怖に煽《あお》られて、必死で走り続ける。家族ぐるみともなれば、そのプレッシャーはもっと強いはずだろう。

「私は大学で、新聞部の部長だったの。留学もしたし、大企業でインターンもした。就職活動で有利になると思ったからね。これだけの実績があれば、きっと企業は評価してくれる。でも、私は自分が将来やりたいことが分からない。ずっと競争しかしてこなかったから。不安が消えないのよ。もしかしたら自分には、卒業する前にやり残したことが、あるんじゃないかって」

ヒジュは続ける。

「この旅に出る時、さんざん親に非難された。スペインを歩くことが、なんの役に立つんだ？ って。『お前をエリートにするために、これまでどれだけのお金をお前に投資してきたと思ってる？ 余計なことをするんじゃない』って。お父さんは未《いま》だに怒っていて、メールの返事をしてくれない。もう疲れちゃった。親の期待に応えて、周りがほめちぎる大企業のOLになるべきなのか、それとも別の道を行くべきなのか、なんにも分かんないわ。頭がパンクしそうよ。毎日毎日、おんなじことばっかり考えながら歩いてる」

まるで、自分を見ているような気がして、ヒジュの言葉は、重く胸に刺さった。

話を聞いていた30歳のカナダ人、ブレンデン。バンクーバーの名門大学を出たあと、3年勤めた会社を辞め、バーテンダーになった。次の仕事に就く前に、自分の人生を考えたくて、この旅に来たという。

ヒジュがブレンデンに聞く。

「どうして、安定した道を外れる勇気が持てるの？　私なんて、同年代の仲間から外れて、卒業を一年遅らせるだけでも怖くて仕方が無いのに」

ブレンデンが言った。

「何を怖いと思うか、それは人それぞれだよ」

皆、黙って暖炉の火を見つめる。それぞれの悩みが、窓を越え、外を包む暗闇の中に広がってゆく。

黙って聞いていたブラジル人のエリート、マルコスが口を開いた。

一語一語、ゆっくりと語りかける。まるで、それぞれの胸の奥深くに届けるように。

「ブラジルには、『マオ・レゾルビーダ』という言葉がある。直訳すると『未解決の人間』。自分の家族や、人生の悩みを、解決していない人間を指して言うんだ。マオ・レゾルビーダは、ブラジルでは社会的に評価されない。たとえ大企業の重役に就いていたとしても、『あいつはマオ・レゾルビーダだからな』と言われて、仲間内では信頼されないんだ。君たちの周りにも、マオ・レゾルビーダはたくさんいるだろ？　ミユキ、ヒジュ、俺は君たちに、マオ・レゾルビーダになってほしくないよ。どんなに良い企業に入ることよりもね」

とつぜん飛び出してきた、聞きなれない異国の言葉が、耳の奥でどくどく波打って、私は固まった。

『未解決の人間』——それって、私のことじゃん。

幼い頃から、私の悩みはつねに、母との関係のことだった。

テストでどんなにいい点数を取っても、褒めてはくれない。母の言葉に、びくびくしながら生きてきた。完璧主義な母にとって、たとえテストで99点を取っても、残り1点足りなければ、それは0点と同じなのだった。

「二流の中学にしか入れなかったんだから、誠意を見せろ」「お前に養育費、どれだけかけてると思ってるんだ」

母の言葉は確実に、私の弱い部分を狙《ねら》って飛んで来た。教育的な母の呪いの言葉、罵《のの》りの言葉、嘲りの言葉が幼い時から心に敷き詰められていて、何かをしようとするたびに、それは足枷《あしかせ》になった。

思春期以降、すべてを決めたがる母と、私の関係はこじれにこじれた。母は自分の偏見でつくりあげたものすごく強固な世界を持っており、私はしばしばそれに翻弄された。志望大学に合格した時、「あんな在日の教授がいる大学、行かせられないわよ」と言われた時には、あまりのことに閉口した。それがただの、自分の薦める大学に行かせるための口実であることは薄々気づいていた。包丁を突きつけて、泣きながら懇願した。それでも母は頑として首を縦に振らなかった。3日間の修羅場の後、疲れ果てて、私が折れた。

18歳の私は、なぜか、母の言うことに抵抗できなかった。最後には、自分が悪いことをしているような気になって、母に従ってしまう。

就活中、第一志望の企業のインターンに合格した。私は喜び勇んで家に帰った。家に帰る前から、無意識のうちに母の反応は予想していたけれど、それでも、報告せずにいられなかった。同じように、喜んでほしい。そういう期待をわずかにしてしまうだけ、私はまだ、愚かだった。

母は無言だった。翌日、母が受けてほしい企業のパンフレットが机の上に置かれていた。

もう一つは、週刊誌の、就活特集の記事の切り抜き。「人気急落中の企業ランキング」と題されたその記事のランキングの部分に、母の手書きで○がしてあった。そこには、私が昨日伝えた企業の名前があった。

母に関わるたびに、私の身体は動かなくなる。耳からさらさらと砂を流しこまれるように、母の言葉は私の身体を、重く重く、地中に沈めてゆく。まるでお前に動く権利はないんだよ、と言うように。

もうやめてほしい。もう、私に点数をつけないで。

もしそうだとしても、せめて一度でいいから、ほっとする点数がほしいよ。

就活をやめてから半年経った今も、私は、パニック障害になったことを、母には言っていない。その後に続く彼女の言葉を想像したら、エスカレーターに乗れなくなったなんて、とても打ち明けられない。母はなぜ、私が就職活動をやめたのか、未だに理解していない。

できるなら、本当は、家族をめちゃくちゃにぶっこわして、消えてしまいたい。

自分の家族を殺した、殺人犯のニュースを見るたびに、「いつか、自分もこうなるのではないか」とぼんやり恐れていた。就職活動にのめりこんだのも「こんな家庭に育った人間は、まともには生きられないのではないか」という恐怖を払拭《ふっしょく》するためだった。まともな所に就職できなければ、それが証明されてしまう。大丈夫、私は大丈夫。良い大学にも行ったし、ちゃんと勉強もしたし、ほら、ちゃんと就職だって、できるし。

未来を見続けていれば、過去の自分が抱えてきた問題のことは、考えずに済む。足し算をし続けてさえいれば、本当の自分は見ずに済む。かりそめでも「イイ感じの私」を作り上げれば、一時的な評価は得られる。TOEICで950点が取れる私。グループディスカッションを上手く仕切れる私。○○代表の私。一夜漬けで考えた志望理由を、胸を張って、語れる私。

そうやって、「できること」が増えれば増えるほど、自分の中心部は、余計なもので覆われて見えなくなる。

そうだ、それでいい。安心しろ。中心は見なくていい。大丈夫、お前はできるんだから。

自分の中心を見るのが、怖い。

一番恐れていたのは、このことだったのだ。

自分の奥深くにうずめていた問題がなんなのか、この旅で自覚してしまうことが、私は一番、怖かった。

解決しきれない家族との問題があること。ずっと、それに悩んでいること。それが自分をこんなにも支配していることを、私は知らなかった。いや、見ないふりをしていた。就活の自己分析でも求められないような、ずっとその奥の自己分析を、勝手に始めてしまうことが、私は怖かった。

家族との摩擦によって、身体にべったりと固着した黒ずみを、どこに行っても、どこに逃げても、私は、隠せない。

身体の奥底に抱えてきた、一番大きな虚無に、マルコスの言葉が突き刺さって、それはもう、抜けない。

今、知ってしまった。

マルコス。私が『マオ・レゾルビーダ』だよ。その言葉が指すのは、私なんだ。

でも、どうしたら解決できるのか、分からないんだ。

窓の外、明日歩くはずの道は、真っ暗な闇の中でぐずぐずと泥の中に溶けてゆくように見えた。

恋愛やくざのしっぺ返し

翌日も、また次の日も雨は止まず、どんよりと重たい雲が、空に蓋をしていた。山の急な斜面を、ぬかるみに足を取られながらずるずると降りてゆく。2日経ったあとも、マルコスに言われた言葉が頭から離れない。

次の大きな街で、私は久しぶりに、日本に電話をかけることにした。

その時の私には、同い年の恋人がいた。彼も私と同じように、就活をしていたが、正直、あまり上手く行ったとは言いがたかった。とある有名政治家の孫だった彼は、志望企業に全部落ち、身内のコネで自衛隊の幹部候補生として内定をもらっていた。しかし、彼はその結果がまだ、不満なようだった。

「一緒に働くやつらは、なんか、つまんなそうなやつばっかなんだよね。俺は、もっとレベルの高い仲間と一緒に働きたいんだよ」

プライドの高い彼には、そこが親から紹介された内定先であることも、気に食わないみたいだった。彼は内定を蹴ってもう一度就活するか、親の言う通りそのままそこに就職するかで悩みながら、とりあえず、ずるずると就活を続けていた。

なんとなく気が進まないまま、電話をかける。久しぶりの相手の声は、なんだかひどく遠かった。彼は就活への不満やいらだちを、だらだらとまとまりなく私に話した。久しぶりに聞く日本語は、日本にいた時の憂鬱な気持ちを呼び起こした。彼の愚痴は、雨の中、30キロメートルを歩き、疲れ切った私の神経を逆なでした。

そもそも、就活に失敗したという、彼の思い込みも癪《しゃく》にさわるのだ。彼が行きたい企業に行けなかったのは、高すぎるプライドゆえに、超最難関の四大商社しか受けなかったからじゃないか。お前ふざけんなよ。内定だってもらってるくせに。働く場所が、ちゃんとあるくせに。

私だって、就活の時にはいろんな選り好みをしていたはずなのに、自分のことは棚に上げて、ただただ、彼のないものねだりがムカついた。

困った時に支えてくれる家族だって、ちゃんと、いるくせに。

「あんたさあ」私はキレた。「さっきからずっと不満ばっかり言ってるけど、内定もらっているくせに、ぜいたくじゃん。なんでそんなに偉そうにできんの？」

一度キレると、止まらない。言葉がどんどん、土砂崩れのスピードで、相手に向かって溢れてゆく。

「もっとレベルの高い人たちと働きたい？　そんなたいそうな人間なのかよテメーは！　そうやって、環境のせいにしてさ。環境が自分に合わせてくれると思ってるから、就活だって上手くいかなかったんじゃないの？」

言ってはいけないと思っていた、最後の一滴まで、私は吐き出してしまった。

「そもそも身内のコネつかって内定取ったくせに。行きたかったとこは自分の実力不足で落ちたくせに、人のせいにしてんじゃねーよ！」


「人のせいにしてるのは、お前も一緒だろ」


不意打ちで飛んで来た言葉に、一瞬、空気が止まった。

「お前の友達のT君な。あの人も言ってたぞ。『小野さんはなんでもおばあちゃんとお母さんのせいにするから、しょうもないね』って」

金槌で頭を殴られたような気がした。

一瞬の間を置いて、ショックが末梢神経のすみずみにまで、びりびりと広がる。

T君は大学のクラスメイトだ。鬱とパニック障害で大学を中退した彼は、私のいるゼミに編入してきた。5年もの間、大学を休学してひきこもっていた彼は、私たちよりもかなり歳上で、そのせいもあってか、あまり他の学生と交流を持っていなかった。大学に通いつつ、カウンセラーの先生にでっち奉公しながら、カウンセリングの勉強をしている。その一方、実家はすごいお金持ちで、親の金をじゃぶじゃぶ使って毎晩赤坂で豪遊するという、破綻した性格をしていた。

すごーく、すごーくムカついた。

しかも彼は、私のことが好きだったのだ。付き合ってくれって何度も言われたけれど、私はその頃、就活がうまくいかない自分のことで頭がいっぱいで、彼のことなんか少しも考えちゃいなかった。

誰でもいい、このぺしゃんこの自尊心を、少しでも膨らませてくれるなら。私は彼を空気入れか何かのように扱った。落ち込んだ時にはT君を呼び出して、存分に愚痴を言っては慰めてもらい、どうでもいい時は無視した。彼はカウンセリングの勉強をしていたので、話を聞くのがとても上手かった。そうでなくたって、好きな異性の話なら、誰だって熱心に聞くだろう。彼は呼び出せばいつでも来てくれたけど、私は彼の気持ちなんか、てんで気にかけていなかった。なんていいやつなんだ、と馬鹿な私は本気で思っていた。異性から求められる、その気分の良さだけを吸い取っていた。しかも、彼の気持ちを知りながら、付き合っていた彼氏をのんきに紹介したりもしていたのである。

ある冬の日、彼と歩いている時に、ふと横を見ると彼の手があったので、私は反射的につないで、ポケットに入れて歩き続けた。帰ってからケータイを見ると「小野さんと手をつないだ時、とっても幸せだった」と彼からメールが来ていた。

私はその時、手が寒くて、ちょうどよいカイロがあったから、手に取っただけなのに。「恋愛って、勘違いだな」と、私はその時、ぼんやり思った。

自分のことしか考えていない人間は、かくも下劣なものなのか、と今なら思う。けれど、その頃の私は本当に、自分を好きになってくれた相手の好意を都合良く搾取するだけの、恋愛やくざだったのだ。

でも、他人を利用して気持ちよくなっていると、いつか、それは必ず反転する。

相手は人形じゃない。見くびっている相手にほど、実は本性を見抜かれている。そして、思わぬ所で反撃される。しっぺ返しを食らう。

そのしっぺ返しが、こんな形で来るとは思わなかった。

怒りと悔しさのマーブル模様が、つまさきから頭までを一気に染め上げて、私は我を忘れそうになった。

「しょうもないって言ってたぞ」

なんだそれ。私は全部、人のせいになんか、していない。自分だって親の金でキャバクラ行きまくってるくせに、馬鹿にすんなよ！　怒りの矛先は一気にT君に向いた。

気がついた時には、私は恋人との電話を切り、T君に電話をしていた。

「T君、なんでそんなこと、人の彼氏に吹き込むのよ！　あんたにそんなこと言われる筋合いないよ！」

彼はしばしの沈黙のあとに、ゆっくりと話しはじめた。

「悪口を言ったのは謝る。でも、小野さん、はっきり言って、ぼくの言っていることは間違ってないと思う」

電話越しのT君の声は震えていた。震えながら、でも、毅然《きぜん》として、彼は言った。

「小野さんは就活の不満をいろいろぼくに話してくれたけど。本当は全部、自分で抱えるべき責任を、親のせいにしている。他の人にも、それは伝わっていると思う。それじゃ、なんにも解決しないよ」

T君に怒ったのは、図星だったからだ。

怒りは実は自分の中の不満の反転。本当は、一番その人自身が目を背けたい問題が、反転して せり出してくる。

本当は、怒りよりも先に感じたのは、恥ずかしさだったのだ。

これまで友達にも彼氏にも、悟られまいと必死だったことが、T君にだけは見抜かれていたことへの。知られたら、誰にも仲良くしてもらえない。そう思って、必死に隠していた。でも、バレていた。

その人が一番隠したい部分ほど、実は、他人にはよく見えている。本人は隠しているつもりでも、言葉の端々にそれは、漏れ出ている。カウンセラーや占い師は、それを敏感に察知するけれど、普通の人にだって、長く一緒にいれば、伝わってしまうものなのだ。

彼には、バレていた。

私が心の底では、母を、家族を恨んでいることを。恨んでいて、それでいて、大事なことは全部、彼らのせいにしていることも。

私は泣いた。わんわん泣いた。隠しておきたかったことが、バレていた恥ずかしさで。彼の言うことを飲み込みたくて、でも、悔しくて。

けれど同時に、なぜか頭の裏側では、彼に、感謝しないとなあ、とぼんやり思いはじめていた。

何かを恨んでいる状態の人を止めるのは、たぶん、とても難しい。そういう人にアドバイスするということは、高速で回転するコークスクリューに、みずから手を突っ込むようなものだ。下手をすれば、自分が憎まれる。彼はそれを分かっていて、私に、全力で向かって来た。

泣きながら、悔しさで震えながら、それでも私はだんだん、T君の勇敢さに、感心しはじめていた。

恨んでいるのは、母だけじゃない。

パニック障害になったのは、自分の弱さのせいと思っている一方で、どこかで自分は、就活というシステムのせい、ひいては社会のせいにしているところがあった。なんで面接ばっかりさせるんだよ、なんでおんなじことさせるんだよ、って。

私は私の中に、強い恨みがあることに、気づいていなかった。

今の私が、本当にするべきことは、就活で勝てる強い自分になることでも、進路を決めることでもない。家族との間に残した、しこりを解決することなんじゃないか。

本当は一番嫌いな、なんでも人のせいにして逃げている自分と、闘うことなんじゃないか。

21年間、隠して来たものと、向き合わなければいけない。

スペインの埃っぽい地面に座り込み、泣きつかれた頭で、私はおぼろげながらも、この旅に隠されていた本当の意味に辿り着いた気がした。

a part of crew

巡礼12日目。いよいよ、巡礼のハイライトである難所、セブレイロ峠を越す日が来た。高さ1100メートルを越える山の頂上を目指し、麓の村を出発した巡礼者たちは約31キロメートルにも及ぶきつい山道を歩かなければならない。

あいにくこの日は朝から雨だった。頼れるのは、貧弱なポンチョ一枚のみ。

ぬかるんだ山道は足場が悪く、なかなか前に進めない。霧で何も見えない。雨を吸った衣服が重くのしかかり、次第に体力を奪ってゆく。

ヒジュは前の村で再会した、フランス人の男の子と一緒に先に行ってしまった。一人で歩くのは慣れているはずなのに、心細さが雨と一緒に身体に染み込んでくる。

次の村のバルで、ルカスや他のスペイン人巡礼者たちに遭遇した。彼らは夢中でおしゃべりに興じている。スペイン語がほとんど分からない私は置いてきぼりを食らい、バルの隅で彼らをぼんやりと眺めるだけだった。

誰かのペースに合わせることも許されず、他人の道を邪魔することもできないカミーノの道は、ともすれば、ものすごく孤独な場所なのかもしれない。

ふいに、テレビの画面が切り替わった。大都会の高層ビルが映し出される。NYの金融街だ。巨大なオフィスビルの入り口から、高級スーツをびしっとキメた白人の男たちが、段ボール箱を抱えてわらわらと飛び出してくる。レポーターにマイクを向けられて、彼らは苦虫をかみつぶしたような顔で、しぶしぶ答えていた。次に映し出されたのは、見覚えのある、ピカピカのビルの入り口のエンブレム。

「リーマン・ブラザーズだよ」

テレビに釘付けになっている私に、隣に座っていたスペイン人のおじさんが教えてくれた。スペイン語だけど、意味は分かった。

「倒産したんだ。これで世界経済は、ますます悪くなる！」

そう言って、大げさなジェスチャーをするおじさん。

それより何より、私の脳裏をよぎったのは、全く別のことだったのだ。

私は思い出していた。就活仲間だった、ある一人の同級生のことを。

彼はとても優秀だった。同じ時期に交換留学した仲間のうちの一人だった彼は、他の就活生に先んじて、ボストン・キャリア・セミナーで外資系企業の内定をいくつもゲットしていた。彼が就職先に選んだのは、リーマン・ブラザーズだった。

彼はいつでも得意げな顔をしていた。鼻の穴をふくらませて、まるで自分のゆく道を邪魔するものなんて、何も無い、とでも言うように。

「リーマンに行くって言ったら、合コンの食いつきがよくってさあ」と、飲み会の席で嬉しそうに言う彼を、私は唐揚げをつつきながら、恨めしそうに上目遣いで睨んでいた。

「四大商社以下は、カスでしょ、そんなとこ行ってってどうすんの？」

ムッカつく！　死ね死ね死ね！

その、彼の偉そうな顔が、今、テレビの真ん中に映し出された、会社のエンブレムに被って見える。心の中で、そのにやけ顔が、泣き顔へと変わってゆく。胸がすぅっと、すくような気がした。

ざまみろ!!

お前が信奉している価値基準なんて、簡単に覆るものなんだよ。どうせ周りの人たちだって、あんたのこと、陰で笑ってる。

……2秒後には、私はもう、後悔していた。

他人を貶《おとし》めたあとに、襲ってくるのは、いつだって自己嫌悪だ。

私はなんで、こんなにも遠くまできて、自分の人生にまるで影響を与えない人間の不幸を、喜んでいるんだろう？

この旅は折り返しを過ぎて、もう残りわずかだ。それなのに、私の答えは一向に見つからない。答えがほしくて旅に出て、身体を酷使して楽しい経験をして、そんな中に居て、なお、私はなんにも変わらない。

心が洗われるような景色の中にいたって、聖なる場所に向かう巡礼の最中だって、私はまだ、日本にいた時の、醜い私のままだ。

胃の痛みがせりあがる。険しい山道の中、雨でけぶって、先行く人の後ろ姿も、次の村の気配も、まるで見えない。遠くの山肌に、ときおりぽつりと集落が現れても、道を曲がればすぐ、山陰に隠れて見えなくなる。

上がっては下がる。何も目指すもののない道に、じりじりと気ばかりが焦って、苦しさを中心に、どんどん身体が重く、ふくらんでゆく。

なんで、比べなくてもいいものを、私は比べているんだろう？

大学では、日本有数の大企業の名前ばかりが飛び交う。友達は、みな「いいところ」に内定している。インターン中に出会った学生たちは、気後れするほど優秀だ。

大学4年生のカーストは、就職先の企業名で決まる。出会う人は皆、4年生だと告げると、すかさず「就職先はどちら？」と、相手の力量を測るように聞いてくる。

やめてくれ！　と叫びたかった。でも、仕方ない。企業の縦軸は、モラトリアムの中で未だ横並びにさせられている、なんにも知らない私たちが、自分の位置を測るために与えられた、唯一のものさしだからだ。外の世界に出て行くために、必死でしがみつくしかない、蜘《く》蛛《も》の糸。自分だけじゃない。親の評価も、親が自分に施した、22年間の教育の成果も、それで測られる気がする。

「いいところに就職しなくちゃ、いいところに就職しなくちゃ……」

でも、その「いいところ」って、一体、どこ？

私は自分のコンプレックスにどうにか折り合いをつけたくて、この道を歩くことに決めたのだ。

それなのに。

歩けば歩くほど、見えてくるのは、自分の醜さ、浅はかさ、ちっぽけさばかりだ。見た目には美しくとりつくろった外皮の、だぶだぶとした着心地の悪さが、肉体一つで歩くこの道の、むきだしにされた皮膚感覚の上では余計に目立つ。良い大学に行ったって、留学したって、頑張ったって、私はまだ、未解決のままだ。

醜い自分を捨てるには、どうしたらいいんだろう？


山中の休憩所で、ようやく、いつものメンバーに遭遇した。本当なら嬉しいはずなのに、気分が落ち込み、誰とも話す気になれない。

一人で外で寝ていると、マルコスがやってきた。

「ミユキ、なんで今日は一人で歩いているの？」

「巡礼者が、一人で歩くのは当たり前でしょう。みんな仲良くなったけど、結局、自分の道は自分で見つけないといけないんだから。それぞれが別の道を歩くのは自立の証だから、悪いことじゃないよ」

そう、強がると、彼は私の目を見つめて、こう言った。

「ミユキ、君は確かに、一人でなんでもできる行動力があるし、はっきりと自分の意見を言える強い精神の持ち主だ。だけどね。一人で歩かなきゃいけない、という道理はないよ。カミーノは確かに孤独な面もある。みんな一緒に歩いているようでいて、それぞれ、違う道を歩いているんだから。でも、俺たちは同じ志を持った仲間だ」

優しいまなざしと共に、言葉が身体の中にすっと入ってきた。

「俺たちは常に君が体調を崩していないか、寂しく思っていないか心配しているし、次の街に着けば、君がいるかどうか探すだろう。一緒に歩いていなくても、たとえ違う街に滞在していても、君はいつでも、a part of crew（仲間の一人）なんだよ。だから話したい時はいつでも話しに来ていいし、泣きたい時は泣いていい。現に俺は時々、皆の前で大声で泣いているよ。仲間とは、頼るためにあるんだ。君は決して一人じゃない、それを覚えていてほしい」

a part of crew……。

仲間、という単語は、日本人同士の間で使うには、少し、おもはゆい。

精神的なつながり、という意味ではソウルメイトが近いのだけど、それではあまりに重い。

親友、は時間が要求される言葉だ。友達、では軽すぎる。

だからこそ、彼が発した「crew（仲間）」という言葉は、独特の厚みを持って、胸のうちに迫って来た。その言葉が彼の口から淀みなく発せられたことが、私にとっては、すごく価値のあるものだったのだ。彼の、真剣なまなざしをともなって、発せられた言葉。

ああ、私は日本で、crewなんて、作ろうとしていなかったんだな。

就職活動をうまくこなすための仲間、とか、留学を上手く進めるための仲間、とか。そういうのは、ちょっと外に出れば、いくらでも作れた。飲み会で楽しそうに振る舞えば振る舞うほど、SNSの友達の数が増える。友達の数を増やせば増やしただけ、上手くいくような気がしていた。

でもそれは、心の底からのcrewじゃない。弱さを分かち合える仲間とは違う。私はどこかで「どうせ、私の苦しさなんて分かるわけないじゃん」って拗《す》ねていた。相手を信用する前に、小器用にこなすことで、相手を拒絶していた。だから、孤独だったんだ。

私たちはcrewで、同じ道を共有し、同じ人生の迷いを抱えながら歩いている。

それぞれ、別々に歩む道だ。だけど、隣にいる人間に頼り、頼られることなくして、自分の道は歩けない。喜んだり、悲しんだり、一緒にその瞬間を味わう仲間がいるからこそ、歩く意味がある。

たった10日間だけど、私たちは、魂をぶつけ合った。思いきり、素直になった。自然が、山道が、そうさせてくれた。別に何かが変わったわけじゃない。答えも見つからないし、弱さが消えたわけじゃない。カミーノは何も解決しない。そこにあるのは、しょっぱくて、しょぼくて、醜い私だ。

でも、私は、一人じゃない。


午後の日差しにぶっ倒れそうになりながら、なんとかセブレイロ峠の頂上に着く。2日前に離れたメンバーたちが、先に着いて、出迎えてくれた。リタ、マルコス、ルカス、ヒジュ、みんないる。

夕食の席で、私はみんなに自分のことを打ち明けた。本当は就職活動がうまくいかなくて、この道に来たこと。ダメな部分を克服したいけど、うまくいかないこと。人と同じようにふるまえないこと。

将来が不安で、仕方ないこと……。

「みんな同じだよ」とヘイガーが言った。

「皆、完璧じゃない。この道に来た人たちは、一度、人生のコースから外れて、行き先の分からない道を歩みはじめた人々だ。この道にはルールがない。現実も一緒だよ。本当は何にもルールなんてないんだ。どんな生い立ちだろうと、どんな人生を今まで送っていようと、ルールのない世界で、皆それぞれ、行くべき道を探してるんだ。皆それぞれ、分からない世界を生きている。だからこそ、俺たちは一緒に歩ける。弱さを共有して、助け合える。ミユキ、完璧じゃなくていいんだ。だからこそ、俺たちは皆、互いにとって特別なんだ」

聖地にて

「『脆さ』や『壊れやすさ』『きずつきやすさ』は、それにもかかわらず、その本質的な脆弱《ぜいじゃく》さゆえになかなか壊滅しきらない内的充実がある。それが『弱さ』の本質である」

（松岡正剛『フラジャイル』より）

巡礼19日目。いよいよ今日、聖地サンティアゴ・デ・コンポステーラに到着する。

聖地、サンティアゴ・デ・コンポステーラには、巡礼の最終目的地であるサンティアゴ大聖堂がある。そこで行われる正午のミサは、巡礼者たちのための特別なミサだ。アルカ・オ・ピノからサンティアゴまでは正味20キロ。間に合うためには、午前中にその距離を歩かなければいけない。

朝7時に宿を出て歩きだす。5時間で20キロメートル。間に合うだろうか。

途中のバルで朝食を取っていると、ルカスとマルコスに追い越された。慌ててかっこみ、彼らのあとを追う。

皆、気が急いている。無理もない。今日でこの、巡礼の道も終わるんだから。

11時頃、ゴールより4キロ手前の、モンテ・ド・ゴゾの丘に到着した。

眼下には、夢にまで見たサンティアゴの街並みが広がる。家々の石壁にはじかれた太陽の光が波のようにきらめいていて、街全体が、黄色に輝いて見える。

遠くにサンティアゴ大聖堂の、黒い尖塔が見える。

太陽はすでに空高く昇っている。正午に間に合うだろうか。

ようやく、サンティアゴと書かれた街の入り口の看板が見えてきた。

夢にまで見た聖地。

しかし、ここからが長い。なにしろ中心の大聖堂までは1・6キロメートルもあるのだ。

気ばかり焦って足が前に進まない。多くの巡礼者たちに追い越される。

時刻は11時45分。間に合うのか。諦める？　いや、そんなことはできない。まだ私は、この道を歩く意味に出会えていない。

「Porque-caminas-tú?（何故、歩くの？）」

——何度も何度も聞かれた質問の、答えをまだ、私は知らない。

矢も盾もたまらず、私は走りだした。一緒にいた巡礼者たちも走りだした。大勢で、街の中を駆け抜ける。重いバックパックを左右に揺らして。痛む足をひきずって。

もう正午までいくらもない。懐かしい感じのする、石畳の路地を、全力で駆け抜ける。何度もつまずきそうになりながら、何度も黄色い矢印を、見失いそうになりながら。

私を導く矢印はどこだ。もう今日でそれともお別れだ。明日にはもう、矢印のない世界を歩いている。でも、せめて今日までは、私を導いてくれ。

その時の私の気持ちは、きっと飢えた犬みたいだっただろう。

早く、早く、答えがほしい。

歩き続けた、結果がほしい。

これまで悩み続けた、その答えが。

長い長い石畳の道の終点には、ひときわ明るく光が差し込んでいた。あの角を曲がれば、もうそこはきっと広場だ。大聖堂の大きな広場だ。倒れ込むようにして、道を一気に駆け抜けた。光の差す大広場、その眩《まぶ》しさに思わず顔を上げた私の目に飛び込んで来たのは、天を突いてそびえ立つ、見たこともないくらい、巨大な大聖堂だった。

サンティアゴ大聖堂の中は、観光客と巡礼者たちが混然となり、天井まで突き抜けそうな熱気に溢れていた。人ごみをかき分けながら参列席につく。中央の大きな祭壇の前には、ぎゆうぎゅうに人が詰め込まれて、今か今かとミサの始まりを待っている。

サンティアゴ大聖堂は世界遺産だ。観光客も押し寄せる。このミサだけで、1000人はいようか。でも、この大勢の人々の波の中で、共に歩いて来た巡礼者たちの顔は一瞬で見分けられた。疲れて床にへたりこむ人。直立のまま、だまって祭壇を見つめる人。くずれるように参列席に座る人。皆、何かを得たような精悍な顔つきで、ほこらしげに前を向いている。ぼろぼろの登山服で、もつれた髪を、額に張り付けて。

突然、パイプオルガンの音色が響き渡った。白衣を着た司教が、中央の祭壇の上に立つ。ミサの始まりを告げる合図だ。

次第に音が膨らんで、洪水のように、ここにいるすべての人々を飲み込む。耳から肺、胸、腹部、疲れきった両足のすみずみにまで、優しい音色が息のように満ちてゆく。細くやわらかく響く賛美歌が、高い大聖堂の天井までを包み込み、わんわんと反響する。

中央に、巨大な金属製のボタフメイロ（香炉）が用意された。薬草を詰め込んだ巨大な金属のボールを天井からロープで吊るし、火をつけて焚《た》く。大昔、着の身着のままで旅をしていた巡礼者たちの、衣服に染み付いた臭いを消すためのものらしい。サンティアゴ大聖堂のミサの名物だ。

司教の祈りの言葉と共に、大の男6人がかりで紐をひっぱり、天井へと引き上げられるボタフメイロ。ハーブの巨大な揺り籠が、ゆらゆらと揺れる。やがて、司教たちのかけ声と共に、ゆったりとした力強い動きで宙を舞いはじめた。参列者の頭上を振り子のように行き来して、大聖堂中に、つんと鼻をつくハーブの匂いと、葉の燻《いぶ》された煙が充満する。

ハーブの匂いと共に、か細い、けれどまっすぐな賛美歌の歌声が、身体に染み込んできた。安堵が一緒に押し寄せて、力がどっと抜ける。こわばっていた足ががくがく震えて、私はその場に崩れ落ちた。

天井のステンドグラスから、ヴェールのように降り注ぐ日の光が、見上げる私を包み込む。


ああ。


私はきっと、これまでいろいろなものを恨んできたのだろう。

母を恨み、社会を恨み、受け入れてもらえなかった周囲を恨み、そして、自分を恨んでいた。

大丈夫、私はうまくやれる。なんにも間違ってなんかいない。いい大学に行って、いい企業に就職して。そう、言い聞かせながら、その実、自分を一番否定しているのは自分自身だった。自分の外皮は愛していても、一枚はぎとれば、嫌いな自分が詰まっている。それを見ないように、見ないように、上手くやろうとしていた。
就活に失敗した自分を、許せなかった。こんなに軸の無い身体で生きて行くのは、とても無理だと思った。自分のことを嫌いなまま、生きている自分が許せなかった。自分を好きになりたかった。好きになりたくて、この旅に来たのだ。来れば、何かが見つかると思ったから。

高い高い天井から、誰かが語りかけてくる。
それは幻想だよ、と。
もうそんなふうに、誰かを、自分を、恨む必要はないんだよ、と。

炉でもうもうと焚かれるハーブの強い匂いに粘膜が刺激されて、とめどなく涙と鼻水が流れ出す。苦しい。嗚咽《おえつ》と煙でうまく呼吸ができない。吸って、吐いてをゆっくりと大きく繰り返す。吐くたびに、これまで溜め込んでいたものが身体から流れ出る。内臓から洗いざらい、洗われて、古いもの、苦しい傷、すべてが涙と共に流れ出てゆく。憑《つ》き物が落ちるように、ぼろぼろと、細胞から汚れが剝離《はくり》して、足下に降り積もる。ああ、人の命は、吸って、吐いて、だ。新しいものを吸って、吐いて、とめどなくその繰り返し。変わらないものなんて、何もない。

呼吸とともに、人は生まれ変わってゆく。何度でも。今、こうしているうちだって、細胞の一つ一つは生まれ変わろうとして懸命にもがいている。変わろうとしている自分を、許さないのは自分自身だ。いつまで経っても変わらない自分を否定しながら、変わる自分をせき止めているのもまた、私自身なのだ。過去にとらわれて、今、生きている自分を止めているのは、他ならない、私自身だ。


だんだん人だかりの中に、親しい人々の、一人一人の顔が見えてくる。

マルコスとルカスの顔を見つけた瞬間、涙腺が決壊した。

私には、仲間がいたのだ。

ずっと、一人で歩いているのだと思っていた。

一人で歩くためには、強くなければと思っていた。人と違ったことのできる、人より先を行ける私。人より能力の秀でた、タフな私。

でも、それはウソだった。

私はこの旅で、自分の醜さ、弱さ、脆さを発見した。

それは大勢の仲間と触れ合ったからこそ、見つかったものでもあった。彼らが私の中の弱さ、脆さを発見してくれた。それは同時に彼らの中の弱さ、脆さ、醜さの映し鏡だった。彼らが私の中の、弱くて脆い私の手をひいて、外へと連れ出してくれた。あるがままでいいのだと、呼びかけてくれた。

ああ。ここには人がいるのだ。人がいたのだ。私の周りをとりまく、代わりのない、この世界には。

それに気づかずに、私は勝手に一人でもがいていただけなのだ。作り出した孤独の中で、勝手にじたばた、暴れていただけだったのだ。

私は二人に駆け寄った。強い抱擁を交わす。マルコスも泣いている。私も泣いている。ルカスに頭を撫でられた。大きくて分厚い、汚れた手のあたたかさが優しい。

いつのまにか、ミサは終わった。人々が、光降り注ぐ中央広場に溢れ出る。広場のど真ん中に、胡座《あぐら》を掻いて、私はマルコスと一緒に、無言で大聖堂をあおぎ見た。どこまでも広く、澄み渡った青を背にした大聖堂は、高くたかく、そびえ立っていた。まるで、すべてを許容するように。

＊

「ミユキ、この旅で何が見つかったか、教えてくれないか？」

そう、マルコスに聞かれたのは、その日の夜のことだ。

午後8時。バルに集合すると、到着祝いのお祭り騒ぎが始まった。ルカスが人目も気にせず、店中に響き渡る大声でスペイン国歌を熱唱し、喝采を浴びている。一緒に歩いてきた仲間も、知らない人も入り乱れて飲みまくる。大聖堂周辺はちょっとしたカーニバルだ。大量のワインボトルを囲み、皆それぞれ、最後の夜をいとおしむように、おしゃべりに興じている。

私がこの旅で発見したこと。それは、自分の弱さについてだ。

私は今まで、自分の弱さを隠そうとして生きてきた。一人でも生きられるように、常に強くあろうとしてきた。

けれど、それは必要の無いことなんだ。やっと気づいた。

弱さは強さの裏側だ。

弱いから、脆いから、周りの人と一緒に生きて、強さを生み出せるんだ。弱さの発する白熱灯のような、ほの白い光のあたたかさを、手のひらで感じられるだけの感応力。それがあれば、私たちはいくらでも人と、つながれる。

だから、弱くてもいい。弱さは悪ではない。

弱さは強さの証。自分の弱さを許容することで、その裏側にある自分の強さを発見することができる。

「Fragility is a part of strongness.（弱さは強さの一部だ）」

そう、口から自然に漏れた。

マルコスが、分かった、というように目をふせる。

気がつくとリタが泣いていた。彼女の巡礼は、いつしか恋の旅に変わっていたのだ。だがそれも今日、否応なしに終わる。

マルコスのウエストバッグには、ブラジルへの帰りの航空券がちゃんと入っている。彼はそれを決して忘れはしない。

巡礼が終われば、みんなバラバラだ。明日にはもう、皆、自分の祖国に帰る。

別れはつらい。だけどこれも、私を支えてくれる痛みの一部だ。離れていても、皆、自分の道を歩んでいる。帰国したあとも、ふとした時、地球の裏側で日常を送る、その瞬間の相手のことを、思い浮かべられる。そう思うだけで、勇気が湧いてくる。

気づけばアルベルゲの門限が迫っていた。

「アスタルエゴ（またね）!!」

いつも通りの挨拶を交わし、見慣れたスペインの石畳を、バルの明かりに見守られながら、振り返らずに駆け上がった。

次の日、私とマルコスがバスで向かったのは、カミーノの最終着地点、フィニステレだった。

「地の果て」の名の通り、荒涼とした岩場の先には大西洋が広がる、ユーラシア大陸最西端の岬だ。

中世の巡礼者たちは、サンティアゴから約90キロ先のこの地をゴールとしていた。今でもこの場所まで歩く人々もいる。1時間半ほどバスで走ると、フィニステレの街についた。サンティアゴのような神聖な雰囲気はなく、力の抜けた港町である。

目抜き通りを抜け、海岸に沿ってゆるくカーヴを描くアスファルトの道を登ると、海に鋭く突き出た岬が見えてきた。ここが、本当の巡礼路の終わりだ。

崖の先には、冷たい青が無限に広がっていた。視界を遮るものは、何もない。ごうごうと、冷たい風が海に向かって吹いている。

海は、空と落ち合うあたりで、白く霞んで消えていた。

先の途絶えた海の向こうに、何があるんだろう。

想像力が届かないほど遠くまで、まっさらな空間が、ここから続いている。

マルコスに聞かれた。

「ミユキ、将来やりたいことは、見つかったのかい？」

「うん、なんとなくね、見つかったよ」

「それなら聞かせてくれ。“What is life?”」


「“Life is Writing.”」


自然にそう口から滑り出した。なぜそう言ったのか、分からない。そんなこと、巡礼中、一度も考えていなかったのに。それなのに、考えるよりも先に、頭の中から言葉がやってきて、身体の中を通り抜け、どこかへと去って行った。

言葉に置き去りにされた身体は、でも、その答えに深い安らぎを感じていた。ここではないどこかから、ひっぱってきた言葉ではない。今、ここにある、自分の手の中にある答えに。

マルコスも深く、頷いた。

それは、突如押し寄せた数々の出会いによって、泥のように堆積していた迷いが洗われ、擦り落とされ、流し去られた地表に頭を覗かせた、私自身の言葉だった。

これが、巡礼を始めた時、金さんに言われた、「余計なものを削ぎ落として、最後に残った自分の核」なのかもしれない。

でも、見つかった今からが、やっと本番だ。

これからどうするか。今はまだ、何も決まっていない。

ふと、誰かが言っていた言葉を思い出した。

「カミーノは聖地に辿り着いたら終わりじゃない。むしろ、聖地に辿り着いてからが本当の旅なんだ」

そうだ。これからも旅は続く。

日本に帰ってからの日常は、目の前の景色と確かにつながっている。これからもきっと、困難なことが山ほどあるだろう。

でも。

すべては道の途中なんだ。

ずっとずっと続く、道の途中だ。

そう考えれば、失敗がなんだ。

たった一度の、つまずきがなんだ。

ふと、日本にいる、友達の顔が浮かんだ。

ここで出会った仲間たちのように、日本にもまた、支えてくれる仲間がいる。

彼らがいるなら、怖くない。

私はまた、生きてゆける。

誰かが靴を燃やしている。白い煙とゴムの臭いが、寄せては引く群青の波に掻き抱かれ、沖へと流れてゆく。

帰ろう。

まだ道は半ば。

この海の遥か向こうまで、私が歩くべき道は、ずっと続いているんだから。

飲み会が嫌で嫌で仕方がない

大学を卒業してから2年後、運よく離島経済新聞社という小さなWEBの会社に拾ってもらった頃。その時アシスタントをしていた、女社長の鯨本《いさもと》さん（大分出身）にこんなことを言われた。

「25歳まで、誘われた飲み会は全部、断らないで行くようにしてたけん」

私は20代の前半、飲み会が苦手で苦手でしょうがなくて、せっかく誘われた飲み会も、ぎりぎりになって急に嫌になってドタキャンしたりしていた。そのせいか「まともな」人付き合いを覚えるのが、だいぶ遅れてしまったのだが、社会人の切れっ端になった今、それを取り返すがごとく、社長の訓示を遵守し、誘われた飲み会は、全部行くようにしている。

ところが、である。

飲み会に参加すると、その場は楽しいのだが、その後、ひどく落ち込むのだ。多くの人と話したあとの、あの落ち込み。

飲み会から帰って来て、へべれけな状態で鏡の中の自分の姿を見たとたん、取り憑いたものがすっと離れるように上気した気分がそがれてゆく。飲んではしゃいで楽しく過ごせたはずなのに、次の日、前借りしたものがどっしりと返ってくるように、疲れが残って布団から出られなくなったりする。

別に、人と話すのが嫌とか、酒が嫌いとかではない。それなのに、楽しそうに話し、オーバーリアクションでへーとかほうとかあいづちを打ち、場の対流を崩さないように、かき混ぜてかき混ぜてかき混ぜて盛り上がった飲み会ほど、すごく疲れる。内臓に、どすっと来るような疲れがいつまでも取れない。

この「コミュニケーション・リバウンド」とも呼べるような疲れに、対処のしようがあるのかどうか。

知り合いに聞いたら、「飲み会がある時は、2～3日前から精神統一してコンディションを整え、それでもしんどくて、でもどうにかして行かないといけない時は、レッドブルを2、3本がぶ飲みしてから行く」と言っていた。

それはただの寿命の前借りである。却下。

なんでだろう。なんで自分は大勢の場に適応できないんだろう。そう思っていたら、精神科医の名越康文先生の本に、ヒントがあった。

「相手を楽しませるために、10の話を100にして話したり、逆に関心も無いのに関心のあるようなリアクションを取ったり、楽しそうに振る舞ったりして、自分を〝盛って〟しまったりという経験は、誰にでもあると思います。

こういう『舌が勝手につく嘘』は、誰しも身に覚えがあるものだし、ちょっと話を大きくしたり、尾ひれをつけたりするだけであれば、実害はないように感じます。しかし、これを放置しているとボディブローのように、自分の心にダメージを蓄積してしまうんです。(中略)友人と飲みに行った帰りがけに、えもいわれぬ『挫折感』を覚えた経験はないでしょうか。

たいていの場合、僕らはそれを人と別れる事によるさびしさと理解しがちなんですが、実は、宴席において『舌が勝手につく嘘』を重ねてしまった、後悔による疲れであることが、少なくないんです」

(名越康文『驚く力』より)

ああ、私はあれが苦手なんだ。

リア充が集まる飲み会の、全員が場の雰囲気を壊さないように、流れを止めないために、大きな一枚の布のすそをひっぱって、うまく落とさないように支えている感じ。流れを途絶えさせないように、壊さないように、絶え間なく気を遣っている感じ。

自分をこの場にふさわしい、朗らかで、好き嫌いがなくて、コミュニケーションの上手な人間のように見せかける。

飲み会が楽しくないのではない。自分が、その場から、滑り落ちなくてすむように、周到に、リア充シールドを張り巡らせて人と接しているから、緊張してエネルギーを消耗しているだけだ。

そっか。適応できないから疲れるんじゃなく、適応過剰だから疲れるのか。

でも、飲み会の場をよく観察していると、流れなんてあるようでいて、実は霧散していることが往々にしてある。

本当は無いはずの流れを壊さないように、おいてきぼりにならないように、と、つい浮足だって、布の端っこを掴んでしまうから、自分で作り出した、よく分からないイキオイについつい飛ばされて、名越先生の言うような状態になってしまうんだろう。

キャバ嬢と飲んでも安らげない人は、たぶん、このタイプだ。気を遣う人に気を遣ってしまって疲れるのだ。飲み会に参加したら、全員の布を落とさないように一身に引き受けてしまう。布をつい、落としてしまいそうなあぶなっかしい人のことまで、なぜか気にかけてしまう。

結果、消耗して自分の中に、大きなクレーターを残してしまう。

反対に、空気も読めず、コミュニケーションの下手な「コミュ障」ばかりが集まる飲み会は、とっても気楽だ。誰も気を遣えないから、疲れもへったくれもないのである。全員がリア充ぶり、いかにもコミュニケーションが上手そうにふるまう綺麗すぎる飲み会ほど、とても疲れるわりに全然楽しくないけれど、そんなところに、コミュ障が一人いると、なんだか全員がほっとする。

コミュ障は、全員が、やぶらないようにやぶらないようにしている布に、容赦なく裂け目を入れる。だからちょっとだけ、安心する。全員が、演技するのをちょっとだけ止められる。コミュ障は、ヘタなコミュニケーション強者より、よっぽどコミュニティの潤滑油だ。

最近、飲み会でもうあんまり話さなくなった。飲み会で、ああ、自分は今、勝手に嘘をついてるなあと思ったら、試しに黙ってみる。黙ってぼーっとする。ぼーっとしていると、会場の中の、なんとなく流れのほころびのようなものが見える。ほころびの中に、自分と同じようにぼーっとしている人がいる。そういう人と、ぽつんぽつんと話してゆくと、さっきまでとは違った場所に、二人の輪ができる。ぽっと三月兎の穴が開いて、みんなが保とうとしているシーツの下の秘密の世界に、行けるんである。

みんながわいわい盛り上がっているところに一生懸命ついていこうとするから疲れるのだ。話そうと思って一生懸命話している中に、コミュニケーションは生まれない。コミュニケーションは、自分に「待て」を課したところ、止まったところから、いきなり生まれるのである。

母を殴る

私が溜め込んだタンポンをいかに売買しているのか、その話をしている時に母は直角に回転した。そのとたん、母とのあいだにだぁんと厚さ50センチのガラスの壁がふってきて、私の声はもう、彼女には届かない。

家族ってなんだろう。

私にとってそれは長い間、巨大な謎だった。

今からその謎を解いた話をする。このことは思い出すだけで両肩がダルくなる。けれど、私はこの話も、この本の中でしなければいけないように思う。

ある日私は母に成績のことでなじられていた。高3の夏休みだった。母は私が受験の模試でB判定だったことにハラを立てていた。あんたに教育費いくらかかってると思ってるの、お母さんどれだけあんた育てるのに苦労してると思ってるの。母の毎日繰り返される洪水のような罵倒に私はそろそろ耐えられなくなっていた。

「あのさぁ」

私は泣きながら母に言った。

「お母さんさあ、そうやって学費がどうのって私のことといつもいつも責めるけど、私そうやって小遣いもらうたんびにお母さんに怒られるのがいやで、タンポン売ってんだけど、知らないおっさんに。気づいてるよね？」

そのとたん。

テーブルを挟んで向かい合わせに座っていた母は、おもむろに野球選手がバットを振るがごとき俊敏さでズシャーと90度回転した。そして完璧に美しいフォームでテレビのリモコンをテーブルの上からひったくると、ピッとスイッチをいれて、そのまま見はじめたのである。

私はあっけに取られた。

あっけにとられた私が、次の瞬間にふつふつと怒りを煮えたぎらせて、何かを言いかけようとした時。母はテレビを見て、くすっ、と笑った。母が下ろした分厚い無言の壁が、私の言葉を打ち砕いて、私はもう、自分が彼女の意識の内側にいないことを悟った。

ああ。

（東大B判なことは気にかけるくせに、娘のタンポンを知らないおっさんがチュウチュウ吸ってるのは、気にならないんだね、お母さん）

私はそこで、母と関係を持つことを諦めた。


母は優秀なキャリアウーマンだった。

表向きは華やかだ。「プラダを着た悪魔」で、メリル・ストリープが演じた名編集長のような。でも、家に帰った途端、母は自分の世界に閉じこもる。ぷつりと意識を切って、どこかに行ってしまう。

家族のメンバーが、それぞれのシステムで動いていることに気づけないから、自分の思い通りにならない相手を、即座に全部否定してしまう。それに耐えられなくなった家族の誰かが、彼女に反論を試みると、その瞬間、相手と自分のあいだに分厚い壁を下ろして、空想の世界に逃避してしまう。どんなに泣いて怒っても、冷静な口調で説得を試みても、彼女は私たちの言葉には答えない。

母が私を無視する時は、いつもどれーんと淀んだ顔をする。その目の焦点は誰ともどことも合っていない。私にとって母は、渋谷のスクランブル交差点にたたずむホームレスみたいな存在だった。つまり、どうしたって関われない人間、という意味で。私たちは家の中で、スクランブル交差点ですれ違う他人のようにすれ違っていた。

でも、家族に対する期待というのは、なかなかやめられない。

人生の要所要所で、私は母に分かってもらうことを試み、その度に母は何度でも直角に回転した。「なぜ私のことを傷つけるの」「なぜ私の意志を尊重してくれないの」と私が問いただすたび、新聞、テレビ、ケータイ、パソコン、ありとあらゆる方法で母は私から逃げ続け、私は行き場を失くした怒りで体力を消耗し続けた。

果たしてこれが母親なのか、なんなのか、私には分からなかった。自分の部屋のドアの外には怪物がいると思っていた。母の罵声と祖母の恨み声、ネットで売却する大量の汚物、その間で私はひたすら感受性を鈍く保ちながら東大を目指していた。そしてときおり母に関わろうと試みるたびに、母が下ろす分厚いガラスの壁にぶつかって傷つき、私はショートした。ショートしたまま大学生になり、母との関係をどうしたらいいのか分からないまま、いつのまにか25歳になった。

自分の人生に言い訳のできない歳に、いつのまにか、なっていた。

この人との関係は、果たして一生、このままなんだろうか？　私はどうしたって、あのガラスの壁を越えられないのか？

祖母は母の罵声を毎日浴びつつ、「そういう性格に育ってしまったんだから、諦めなさい」といつも言っていた。まるで、自分に言い聞かせるように。

本当にそうなのか？　社会生活には順応できる母が、家族とは関われない。そんなの、仕方が無いことだとは思えない。

でも、今さら何をどう言ったら、この人に自分の気持ちが伝わるのか、全く分からなかった。

家族と掛け違えてしまった人間と、どうやったら向き合えるんだろう。どうやったらつながれるんだろう。

それが、20代前半の、私の課題であったように思う。


ある時、人に勧められて、私はとあるカウンセラーのもとを訪ねた。親子問題を解決するプロフェッショナル、とそのホームページはうたっていた。

そのカウンセリングルームは、ボロボロの掘建て小屋みたいな木造二階建ての家の中にあった。

薄暗い階段を上がって黴《かび》臭い和室に入ると、染みだらけのフスマの後ろから、ぶくぶくに太った女の人が出て来た。

なんだか嫌だな、と直感的に思った。

その女の人は、私の話を「聞いてます」とアピールするように、大げさに頷いてうんうんと聞き、「辛かったのねぇ」と猫なで声で言った後、「私が母親の代わりになって、美由紀ちゃんを抱きしめてあげる」と言いだしたのだ。

その人はいきなり、私のことを「美由紀ちゃん」と呼んだのだった。会ったばかりの、私のことを。

きもい、と思った。

私は私だし、あんたはあんただ。そして私の母親は、母だけだ。

なんだかすごく嫌だった。いや、いや、いいです、と断りを入れたら、

「親はね、あなたの願望なんて受け止めてくれないものよ。それよりもね、代わりの相手で、受け入れられる経験をして、愛を満たしたほうがいいわ」

と、その人はネバネバした声で言った。

本当にそうだろうか？　私はあまのじゃくなので、人に「こうしたほうがいい」と言われたら、まず、疑ってしまう。たしかに、カウンセラーとかヒーラー、あるいは恋人を親代わりにしたら、少しは溜飲が下がるかもしれない。愛されたいという欲望が、満たされるかも

しれない。でも、そんなの、代わりのさなぎを使って羽化《うか》するようなものじゃないかなぁ？尻込みする私に、その人は座布団を差し出して、じゃあこれを殴ってと言いだした。座布団を殴ったら、気持ちがすっきりするから、って。

せっかく1万円払ったのだから、座布団くらい殴って帰ろうかなと思った。私はいやいや座布団を殴った。私が座布団を殴るたびに、その女の人は、「そうだぁ！」とか「やれ！」だとか、かけ声をかけてきた。殴れば殴るほど、身体がすっきりするのとは裏腹に、気持ちはもやもやとこんがらがった。昔、ウッチャンナンチャンの「ウリナリ‼」で、よゐこの濱口が自己啓発セミナーに潜入するという企画で、濱口が座布団を殴らされて泣きながら叫んでいるVTRを見て、寒いなぁ、と思った記憶が蘇ってきた。

なんだか全部が寒かった。

私は座布団殴るために、1万円も払ったんじゃないし、よゐこの濱口になりたいわけじゃない。

私は母と、関わる方法が知りたくて、ここに来たのだ。

私は座布団を殴るのをやめ、帰りますと言って、玄関で靴を履きはじめた。

私を見送りながら、その人は「今はまだ、その時じゃなかったのね」と訳知り顔で言った。

知るかボケ、と思った。

私は自分で、問題を解決したいのだ。

私はちゃんと、母にぶつかりたいのだ。

まだその余地があると思った。手遅れになる前に、完全に母と私が世界を違えてしまう前に、私はちゃんと、母とコミュニケーションを取りたかった。他のものを代理にしてさびしさを埋めたら、私はきっと将来、自分の逃げを恨むだろう。それだけは、避けたい。

そう気づいた意味では、このカウンセリングには意味があったのかもしれなかった。

その日以来、私の中で、何か覚悟のようなものが育っていた。

きっかけはなんだったか、覚えていない。確か母が、いつものように、何千回目かの罵りの言葉を口にしたのだった。

私はそこで冷静に、我慢をして、逃げることも考えた。

でも、なんでだか分からないけれど、ここで立ち向かわないといけないと思ったのだった。

今、ここで彼女との関係を解決しなければ、一生解決できない。

そう思った瞬間、私は、いつものように直角に回転しようとした母に馬乗りになり、彼女を殴っていた。

人を拳《こぶし》で殴るのなんて、生まれて初めてだった。強烈なためらいを押しのけ、私は母を殴った。殴らなければ、自分が死んでしまうと思った。25年間、我慢して来た気持ちをぶつけなければ、この怒りを受け止めてもらえなかったら、永遠に、母とはつながれないと思った。もしここで母が私の存在に気づいてくれないようなら、この怒りが、彼女を素通りしていってしまうようなら、もしかしたら、未来に違う誰かを殺してしまうような気がした。

なんで分かってくれないの。

私は殴った。母を殴った。初めて、母と私の皮膚が触れた。拳の先と、母の頬。人生で初めて、母に触れた気がした。母の身体に触れることが、怖くてこれまで、できなかった。抱きつくことも、甘えることもできなかった。幼稚園以来に触れた母の皮膚はやわらかくて頼りなげだった。老婆の皮膚だった。瞬間、うろたえた。母はいつのまにか老いていたのだ。私よりもずっと弱い老婆に。これまで抱いていた、恐ろしくて憎い母のイメージが、現実の熱さに触れてどろどろと溶けてゆく。同時に時間と距離とが、混線して、バーチャルな世界を見せる。

なんで逃げるの。

母は泣いていた。私も泣いていた。拳が触れるごとに、母の生きて来た時間と、自分の生きて来た時間が交差する。二人分の厚い時間の層の中で、目の前の母はどんどん、小さくなってゆく。母は、彼女の時間の中で、小さな少女だった。目の前の老人の肉体の中に、震える少女がいた。誰とも関われずに、世界を拒絶し続ける少女。イメージの中で、怖くて強大な存在だった母は、老婆で、そして、少女だった。弱々しい、母の身体の中にあるものが、自分の身体のどこかにあるような気がした。私の目は母の目になり、不意に見た母の顔は、私の顔だった。時間はゆっくりと重なりながら、空間はばらばらと亀裂がはいってゆく。拳の届く距離にいるにもかかわらず、殴るたびに、目の前にいる母が、どんどん、遠ざかって行くような気がした。空間が歪んで、母の身体が、私から離れて、遠くに、遠くに去って行く。

ああ、と思った。

私の知っているお母さんは、もうここにはいないんだな。

そう思った瞬間、激しい感情の波が去り、直後にやって来たのは、自分の知らない言葉だった。

「それでも私は、あなたに愛してほしいんだよ」

なぜ、そんなことを言ったのか、まったく分からなかった。その言葉が、怒りと悲しみをかき分けて、お腹の底から飛び出してきた。言葉の前に私の意志は無力だった。私の言葉が、母と私の間の壁を破いた。

そのとたん。彼女は言った。「愛してるから産んだんじゃないの」

いやそういうことじゃなくて愛してるから産んだにしてはなんだかそのあとの扱いがひどいじゃないの、そういう怒りが瞬時にざっとこみ上げて、思わず母の肩を起こすと、汗と涙にまみれた彼女の顔はやっぱり背けられていて、目の焦点は合っていなかった。私のことを無視する時の、どれーんと淀んだいつもの顔。ああ、だめだ、すれ違いだ。どんなにぶつかっても、母には私の言葉は届かない。

そう思った時だった。隣で私たちの乱闘をおろおろしながら見ていた祖母が、急にきえーっと叫びだし、私にすがりついてぶるぶる震えだしたのだ。

「もう分かった、分かったから!」

小刻みに痙攣《けいれん》しながら涙を流し、私に抱きついて、祖母は叫んだ。

「今まで、あなたの気持ちに気づいてあげられなくて、ごめんねぇ」

ぽかーん。

私はあっけに取られて眺めた。もう一人の、私たちの家族を。その彼女が、なんか、大変なことになっている……。

私は祖母にもいらだっていた。私が母の暴言に傷ついて泣くたびに、祖母はいつも、母を庇《かば》うのだった。もう、あれはああいう性格だから。怒らないで、楽しくやってよね、がまんしてよね、ね、ね、仲良くしてよね、あなたが我慢すれば済むことだからね。

祖母の中で我が家は完璧に調和のとれた家庭でなくてはならなかった。世間体を気にする祖母は、たとえ相手がガスの点検のお兄さんだとしても、家族の失態を見られることを異様に恐れた。いつもきらきら、にこにこ、サザエさんのような円満な家庭。その幻想の中に逃げ込むのが、祖母のこの家における役割だった。祖母にとってはそんな円満な家庭を築くことが、オンナとしての誇りだったのかもしれない。それを乱すわたしと母との争いは、祖母にとっては「あってはならない」ものだったのだ。そんな祖母に、私はいつも腹を立てていた。人様の前では、綺麗なふり、しやがって。うちなんて、本当はオウム真理教の内部みたいなもんなのにさ。

理想と現実のギャップ。そこから目を背けるために、祖母もまた、逃避の世界を生きていたのかもしれない。

私たちは、三者三様に、互いが互いから逃避していた。

次の日、リビングに行くと、出勤前の母がいた。また、いつもみたいに、何か言われる。思わず身を硬くした。

黙って通り過ぎようとする私に、母はぽつりと言った。

「今まで、ごめんね」

そう言って、母はゆっくりと顔を上げて、私を見た。いつも、私に話しかける時には必ずテレビかパソコンか新聞に注がれていた母の目が、こちらを向いた。その目の焦点は合っていた。25年間、生きていて初めて見た、母の目だった。

母の中の、少女の時間が、現実に追いついた。

その瞬間、私の中に凝《こご》っていた、母に対するすべての怒りが、ふ、と消えた。

家族ってなんだろう。

あれ以来、私の家族は劇的に変化した。

驚いたのは、祖母と母の関係の変わりっぷりである。母はあれほど嫌がっていたカウンセリングを受け、それから徐々に、祖母を罵倒しなくなった。今は、大切な壊れ物を扱うように、そっと、散歩に連れ出したり、祖母の好きな雑誌を、わざわざ休日に書店に出かけて、買って来てあげたりしている。私との関係よりも、寿命の迫った祖母との関係を修復するほうが先だと、母は判断したのかもしれなかった。祖母はそんな母の変化を、優しく見守っている。そんな時の祖母は、母の顔をしている。

祖母と母は、なにかを見つけようとしている。互いに、関係を修復しようとしている。91歳と、65歳が、65年分の喪失を、ここで埋めようとしている。

あんなにも恨み言ばかり吐いて、家族に心を閉ざしていた祖母。

でも、今改めて祖母の背中を見ると、背骨のあたりに、はつらつとしたエネルギーが漂っていることに気づく。そういえば、私が小さい頃から見てきた彼女の背骨は、ずっと、弾力があってやわらかそうだった。ここに、彼女の再生のエネルギーが、ずっと眠っていたんだ。地中奥深くの化石燃料が、地面に穴を開けると噴き出すように、祖母の中に眠っていた力が、彼女自身を、どんどん蘇生させている。何歳になったって、人間には、そんな力が新たに芽吹くのだ。肉がそげて、骨と皮だけのきんちゃくのようになったとしても、人間の身体には、蘇る力がある。

もしかしたら、私が彼女を非力な存在に仕立て上げていたのかもしれなかった。祖母という人間は変わっていない。でも、確かに変わっている。誰かの持つエネルギーの量を、誰かが規定することなど、できないんだ、ぜったいに。

母も苦しかったんだな。さみしかったんだな。

最近、そういう思いが、人生の節々で、ふいに波頭のように自分を追いかけてくることがある。私が前を向いて生きている、人生の時間軸に、ある日、ある瞬間、母の人生が後ろから追いついて来て、その時、私は母なのだ。時間と空間が混線して、その時私は、母の視点から世界を見る。確実に、母の中の一本の道を、この足で、辿り直している自分に気づく。ああ、母はあの時、こんな気持ちだったんだ。その瞬間、ふいに、自分の人生で凝っていた何かが、溶けるような気がする。母と私、4本の手で掛けた枷が外れて、私は一つずつ、優しい気持ちで、自由になる。

ただの、やわらかい辻褄合わせかもしれない。でも、こうして、私たちは身近な誰かの人生を、イメージの中で生き直せる。相手を、理解することができる。許すことができる。


ときおりふと鏡の中に、母そっくりの人物を見つけてどきり、とすることがある。

母と和解する以前はそれが嫌で嫌で仕方がなかったけれど、最近はもう慣れた。母は聡明で、社会から愛されている。同時に孤独でちょっと陰気だ。自己表現がへたくそだ。

私もきっと、そうなるだろうという予感がある。そして、そうならない可能性もある、ということも、同時に知っている。私を作っているのは、これまで多くの間に私が関わってきた、社会だからだ。母の血と社会がミックスされて、私という存在がある。

私はそれが嬉しい。

前はとても嫌だった、母の血。

私は今は、母の子でよかった、と思える。


家族ってなんだろう。

互いが、互いの中からなにかを発見しようとする。その何かとは、自分自身の一部だ。そうやって殺し合い、奪い合いながらも、血という連環によって、一つのユニットとして、動いている。力を与え合い、命を吹き込み合って、バランスを取っている。

私が怒っているのは、実は、母に対してではなかった。社会と上手くやれない自分に対する怒り。それを母に対して吐き出しているだけだった。今になって、決して母だけの責任ではなかったことが分かる。それは、ぶつかって怒りを吐き出してみて、初めて分かったことなのだった。

私は家族の問題は、
・自分がされて嫌なこと
・本当はしてほしいこと

・本当はしたいこと

この3つを、自分自身で分かってない、もしくは分かっていたとしても、さまざまな外圧によって、それをきちんと家族に伝えることができないでいるからこそ、起こると思っている。

一度ぶつかったくらいでは、変わらないかもしれない。

本当の自分の願望を伝えた時に、ちゃんと向き合ってくれる家族もいるかもしれないし、そこまでしても誰一人向き合ってくれない可能性もある。

でも、「ちゃんと自分の願望を家族に伝えられる」ということは、自分自身が向き合えるだけの人間性を獲得する、ということだ。

自分がどうしたいのか、家族とどんな関係を結びたいのかを発見できた時、人は変われる。

多くの人が、家族のことを気にはしつつ、ちゃんと見ないまま、時を過ごしている。自分たちの弱さを家族全員が認めないまま、社会的な外聞だとか、常識だとか、ぼんやりとした霞《かすみ》をかけて、互いの姿を見えなくしている。

多少弱くても、おかしな人間でも生きて行けるし、よい家族関係は築ける。そのことを自分自身でも、家族にも認めてもらった時、その人は再生する。病むということは、社会の中で「多くの人が、気にはしているけどなんとなくそのままにしていること」に気づける能力があるということだ。それを、社会的に外れているからとか、普通は気にしないものだとか、色々な外圧に押しつぶされて蓋をせずに、自分だけはとことん気にして、ちゃんと解決するまで向き合う。そうした時に、はじめて、自分の中に生きる力があるということに、人は気づけるんじゃないかな。

不完全家族の履レキ書

小学校の頃、自分の家族がどんな仕事をしているのかを、一人一人スピーチする授業があった。

級友たちが、名簿のアイウエオ順に「私のお父さんは会社で橋をつくっています」とか、「私のお母さんは看護師さんです」とか、教壇に立って話してゆく中で、私は嬉々として、自分の番を待っていた。

しかし。私の番が回って来たとき、それまでニコニコしながら生徒の返答を聞いていた、女性教師の顔色がさっと変わった。彼女は私を名指ししたあと、私が話しはじめるよりも早く、さっきよりも1オクターブ高い声で、おおげさにかぶりをふり、

「小野さんのお父様は、単身赴任でアメリカに行ってらっしゃるんだもんね。お一人で研究しに行かれてるなんて、立派なお父様よねぇ。はい、次」

と、なぜか私を飛ばして次の人を指名したのである。

私は仰天した。

飛ばされたことにもだが、その話の内容に、である。

なにそれ。そんなこと、聞いてない。

それは、私が祖母から聞かされていた話とは、まるで違っていた。祖母からは当時、父は京都にいて、テレビに出たりする仕事だと聞いていたのだ。

なぜ、家族でもない先生が、私の家族のことを、そんなに知っているのか。

なぜ、私は飛ばされたのか。

誰しも人生の中で、ある日を境に世界の見方が突然、それまでとは全く異なるものになってしまった瞬間があると思う。私の場合、それはこの時だった。

その先生の、ひきつれた口元、おおげさな態度、困ったように泳ぐ目を見た瞬間。幼い私は、「ああ、世界というものは、どうやら、私が知っていることだけでできているわけではないのだ」ということを、理解してしまったのだ。

私が見ているこの世界は、紙芝居のように何十枚かの層でできている。一番上の、私が今、見てる絵は、大人たちが用意した子ども向けの一枚で、真相はもっとずっと下に埋まってて、幼い私には決して、掘りあてられない。

その先生の一言を境に、私の中で、世界はぱくんと二つに割れた。すなわち、「正しい家族」なんてものの存在を、考えずに済んでいた世界と、それを疑いはじめた世界に、である。

そしてそれは指でぐしゃぐしゃと乱暴に割ったゆで卵のように、決してもとには戻らない。

しかも私は間抜けなことに、その先生のその態度を見るまで、自分の家族からある日突然、父が消えていたことに、全く気づいていなかったのだ。

子どもの世界には昨日も今日も明日もない。起きても寝ても新しい人生がお尻のこない機関車のように延々と連なり合ってやってくる。日々のお絵描きや遠足や小学校の漢字のテスト、バレエコンクール、お弁当の中の嫌いなしいたけ。あまりにもヴィヴィッドな日々の彩りにかき消されて、父の存在は、とても茫洋《ぼうよう》としていた。うちの家族は昔から、家族の事情を共有したり宣言したり、いちいち深刻な顔で相談するようなたちではない。だから私はいつ、父が私の人生から消えたのか、全く覚えていなかったのだ。

それを今なら、うちの家族らしいと思わなくはないけれど、私は子ども心に、「父が消えた瞬間」を把握していない自分にショックを受けた。


自分の家族は、なにか、普通ではないのではないか。

それからというもの、私にとって学校行事は、うちと、他の家族との違いを把握するためのイベントになってしまった。

なぜ、小学校の運動会に、うちの家族だけ、祖母と母しかこないのか。

なぜ、他のお母さんたちがはつらつとした様子でせっせとお弁当を広げているのに対し、うちの母は、困ったような、居場所のない様子で、祖母が重箱を広げるのをぼんやりと待っているのか。

隣のブルーシートには、お父さんがいて、お母さんがいて、妹がいる。ときおりそこに二組の老人が追加される。どうどうと校庭で陣地を取る、カラフルなビニールシートの島のあいだで、うちの小さなビニールシートは、とても肩身が狭そうだった。

他の子たちのお弁当には、真っ赤なタコさんウインナーやピンクのチラシ、黄色のふわふわの卵焼き、その他もろもろがわんさと躍っているのに対し、祖母の作るお弁当は、くたっと煮しめた煮付けや煮干し、地味な色の卵焼き、どんよりとした昆布巻きが、重箱にしかつめらしくならんでいる。他の子の、アンパンマンやセーラームーンのお弁当箱がうらやましかった。

快晴の空に負けないくらいにテンションの高い、蛍光ピンクや赤や黄色のポロシャツのお父さんお母さんたちの中で、うちの母と祖母だけは、黒やグレーのぼやけた印象の、動きにくそうな変な形の服を着ていて、けっしていつもの装いを崩そうとはしなかった。どうしてこの時くらい、周囲に合わせてくれないのか。小学校2年生を境に、私は母と祖母のビニールシートに寄り付かなくなり、なんのかんのと理由をつけて他の子のビニールシートでごはんを食べるようになった。

その時の祖母は、とても悲しそうな顔をしていた。だけども私は、なんだか、自分の家族のあり方が、許せなかった。


今なら、よく分かる。祖母の作るお弁当が、前日から出汁《だし》を取り、丁寧に仕込んだ、滋味豊かな具材ばかりであったこと。母と祖母の着ていたものが、他の子のお母さんやお父さんたちよりも、ずっとお洒落で、よくよく選ばれたものであったこと。

女手一つで私を育てるために、いつも忙しく、休日出勤も当たり前だった母が、この日のためにどうにか仕事の都合をつけて、応援しにきてくれていたこと。

幼い私は気づいていなかった。私のうとんじていたそれらすべてが、私の見えないところで、私の幸福を形作っていたこと。見えないふかふかのベッドのように、わたしを受け止め、守り育ててくれていたことに。


この世には、正しく美しい家族像というのがあって、皆、それを目指すようにできている。

私の中の正しい家族像というのは昔も今も「サザエさん」だ。毎週日曜夕方6時30分にテレビをつけると必ず出てくるおなじみの一家。彼らは家族の中でじたばたして、毎回騒動を起こすけれども、30分の終わりには毎回必ずほがらかに整列して家の中にきっちりと収まる。サザエさんがよその男と不倫して家を出て行くこともないし、フネさんがボケて悪徳業者から500万円の壺を買わされることもない。カツオがひきこもりになることもワカメが売春することも、波平の会社が倒産して一家が路頭に迷うこともない。毎回かっちり型に流し込まれたおやきのように、全員に均等に幸福が分配されたこの完璧な家族のかたちに、我が家はかすりもしていない。

うちの家族ってどうして、こんななんだろう。なんでうちには、お父さんがいないんだろう。うちの家族って、不完全で恥ずかしい。

この時感じた恥ずかしさは、幼かった私の心に、固まりきらないセメントに無遠慮に踏み込んだ靴あとのようにくっきりと痕を残した。それは思春期を過ぎる頃には、クレーター大に大きく育ち、家族に対する嫌悪に、いつのまにかすり替わってしまった。

今でこそ、シングルの家庭なんて珍しくもないし、それをわざわざ隠すことでもないと知っているけれど、私が子どもだった時には、まだそれはありふれたものではなく、ときおり「片親の害」を説く無遠慮な大人もいたりした。今なら「そんなわけないじゃん」と言えるのだけど、まだ〝みぎひだり〟の分からない当時の私はそういう言説を聞くにつけ、うっすらと表皮0・1ミリ削られたような傷つき方をしていた。「完璧な人なんていない」という言葉には簡単に頷けるのに、「完璧な家族なんてない」という発想にはなぜか、至れなかった。

かぎりなく2Dに近い、書き割りのごとく非立体的な父と、4Dのごとき複雑な様相を持って迫りくる凶悪な母、その二つの像の間で、私はまるで、壁に挟まれて出られなくなった人のように、世界を摑みそこねて困っていた。

そう、困っていたのだ。傷ついていたとかいうほど、ウェットな問題ではない。私はただ、ぼんやりと困っていた。「正しい家族」が分からないという、自身の生まれ持った欠落について。

その問いが少し晴れたのは、21歳の時、父に17年ぶりに再会し、父の家に招かれた時だ。

その家は、私がこれまでに訪れた、どんな家とも違っていた。

おそるおそるドアを開けると、アフリカのどこかの部族の重々しい仮面と、よく分からない槍みたいなものが、いきなりでーんと、正面の壁に飾ってあった。そんなものがある家を、私は初めて見た。居間に移ると、背の低い簡素なソファは白いオーガニックコットンの布で覆われていて、座るとふかふかと身体を包み込んだ。肌触りは午前9時の、日が昇りきる前の砂浜の砂のように、さらさらと心地がよかった。我が家の居間には、中国の唐時代のよく分からないデザインの戸棚と、いかめしい革張りのソファが並んでいる。リビングの明度が、まるで違った。

父の奥さんは、草木染めのスモックのようなものを着ていた。近づくと、洗いざらしの布の涼やかな匂いがした。抱きしめられたら気持ちいいだろうな、とふと思う。母のシャネルのスーツからは、いつもオードトワレの香りがしていた。

ああ、ここには、私の知らない人たちの、文化が確かにある。

びっしりと、彼らの暮らしが、彼らの文化が、この家のそこいらじゅう、黴のように繁茂して、その家族特有の模様を成している。

遺伝子でつながっている、という、なにより確かな紐付きが私たちの間にはあるにもかかわらず、父と私はまったく違った世界を生きていた。私たちのあいだには、印象派と写実派の絵を二枚並べて置いたように、ちぐはぐな距離があった。でもそれは、嫌なものじゃなかった。それが他人というものだった。

脱衣所のタオルのふかふかとした厚みにも、風呂場の床に群生する、ぷっくり丸いボトルたちにも、他人の家の、塩基配列があった。なんだかそれを見た時に、私の中に、突然、明るい諦めがさぁっとあらわれた。潮の引いた砂浜のように。

ああ、家族の形なんて、本当はなんでもいいのだ。

家族の形というのは、「こうしたい」と思ってできるものじゃないのだ。なんかよく分からないけれど、どうにかして、そうなっちゃうものなのだ、家族って。家族全員の身体から、毎日垢のようにこそげおちる、些細な習慣や、振る舞いや言葉。寄せ集まった人間の命の営みの断片が、どういうわけか勝手に大きな力に束ねられるようにして、勝手にできてしまう。止めることなんてできない。それに善し悪しなんてない。どんな形であれ、人の命の形を止めることなんてできない。それが家族という一つの形になることを、だれも、制御はできない。

私は祖母や母が、彼らの人生の中で育てて来た文化のことを思った。そしてそれを無視して、完璧でない彼らを、完璧な家族の形を築けなかった彼女たちを責めている自分を恥じた。そのことが、もしも母や祖母を悲しませていたら嫌だな、と、私はこの時はじめて、自分から家族へのまなざしではなく、家族から私へのまなざしを意識したのだった。

綺麗な家族の形なんて、本当は、無い。

ときおり、私のブログにも、そういうメールが来ることがある。「家族と上手く行かない、どうしたらいいのか、分からない」って。

「こんなふうに、家族と上手く行かない私は、自分が欠陥品なんじゃないかと思います」って。

家族なんて、もともとすっごく大変だ。未成熟な人間、不完全な人間が寄せ集まって生きている。そんなの、幼児がこねた粘土のようにめちゃくちゃで、いろんなところがはみでていて、欠けだらけだ。

でも、欠けがあるということは、再生する余地がある、ということだ。

家族というものが、不完全な他人の寄せ集めであること。なんだか分からないけれど、仕方なくこうなっちゃったね、仕方ないね私たちこうなんだものという、明るい諦め。この「とほほ」な感じで互いの欠けを埋めた時に、家族ははじめて、家族になるんじゃないだろうか。

だから、家族の問題で悩んでいる人は、欠けがあるということに、できるだけ、絶望しないでほしい。どんなにいびつな家族の形であろうと、どんなに不完全な家族の物語をその人が持っていようと、絶望する必要のないことだけは、なぜかは分からないけれど、私には、分かるんだ。

今でも私は、あの、運動会の時に、友達とごはんを食べると言った時の、祖母のかなしそうな目を思い出す。そうして、あの目にごめん、と思う。

「ひきこもり」の効能

スペイン巡礼から帰国した後、職もないまま大学を卒業した私は、とりあえず、シェアハウスにひきこもって暮らしはじめた。

かろうじて23区に引っかかる、東京の端の端。灰色の寂れたマンションの、ワンフロアぶち抜きの3ＬＤＫ。住むのは男女6人。就職の決まっていない大学院生、家がなくなって2ヶ月間、公園でホームレスをしていた男の子。美大出身のフリーター、ベンチャーを立ち上げたばかりの24歳。ＮＰＯを立ち上げようと奔走する大学生。そしてニートの私。

「まれびとハウス」と名付けられたそのシェアハウスは、２０１０年に始まったシェアハウスブームのはしりだった。いまでこそシェアという居住形態は一般的になったけど、当時はまだそこまで軒数も多くなく、物珍しさも手伝って、いろんな人が遊びに来た。

このシェアハウスの発起人であり、大学時代からの友人でもある内田洋平は、この家を現代の「駆け込み寺」にしたかったらしい。

そのもくろみ通り、この家の住人は「非属の才能」の集まる場所だった。何かをやってやろう、と意気ごむ、新しい、若い才能。

といえば聞こえはいいけれども、彼らのほとんどが、自分の行き先が分からずに彷徨《さまよ》っているような若者たちだった。

青山にあるのは「こどもの城」だけど、まれびとハウスは、人生に迷う若者の、そして、自分の人生がよく分からなくなってしまったおじさんの城だった。

まだ自分が何者であるか分かっていない、自分でつけた肩書きだけが、青臭く光り輝いているような人たち。

そういう人間が毎日うようよ大量に来て、うちのリビングはいつも人でいっぱいだった。彼らはビールやワインをあおりながら、頰を紅潮させ、毎日毎日、行き先の不確かな、未来の話をしていた。

私は彼らに輪をかけて、自分が何者であるか分かっていなかった。

ただ、人が集まるのをいいことに、そのシェアハウスの広い居間で、夜ごとパーティーやらワークショップやら、イベントを開催して、その収入で生活していた。

そのスタイルは楽だ。ほとんど家から出なくても、生活してゆける。けれど、私は焦っていた。早く、何者かにならなければ。早く、なんとかしなければ。世の中、早熟な人々はいくらでもいて、彼らは若くして、どんどん成功を収めている。内心では冷や汗をかきつつ、私は彼らと自分の差が広がってゆくのを、ただ眺めるしかなかった。

住民は2ヶ月単位で入れ替わった。

不思議なことに、まれびとハウスの住人は、職やらなにやらを失くしてここに来て、人生の農閑期を過ごしたあとに、仕事を見つけたり、次の進路が決まったあとは、自然と、家を出て行くのだった。家は家だ。働きながら住み続けたってかまわない。けれど、この家にはなんというか「人生に迷う若者」の特権階級しか、住めないようなオーラがあった。遅れて来た「青春」を謳歌するための。

「もうここには居られない」。彼らの中でぱちんとスイッチが切り替わる音は、不思議と、日々生活を共にしている、他の住人にも聞こえるのだった。

ぱちん。ぱちん。

そのぱちん、が聞こえると、自然と退居宣言が出て、彼らは家を出て行き独立する。そうして、すぐにまた次の「行き先不明人」が、ところてんのように送り込まれてくる。

その「ぱちん」を聞き続ける中で、私はずっと、身動きができなかった。自分のスイッチをおろせもせず、かといってずっとここに居ようと開き直りもできずに、玄関マットの上で無音の足踏みをし続けて、どこにも行けない人間。それが、私だった。

とっ、とっ、とっ。
早く　ここから　出たい。

しかし。

その足踏みの期間に、私は、自分の想像をはるかに超えた、複雑怪奇な生き方をする人々に、数多くエンカウントしたのである。

アラブの大富豪の息子の家庭教師をして、給料をもらいながら、年中、山登りばかりしている老人のような35歳。

世界中のシャーマンばかり追いかけて旅をしている写真家。

中卒でトラック運転手をしていたら、いつのまにか化粧品会社の社長になっていた、という人。

一銭も金を稼がずに、人から貰《もら》うものだけで暮らしている人。それで、何不自由なく生活が成り立っているというのだから不思議だ。

ナンパを教えて生活している、プロのナンパ師。

対人恐怖症でひきこもりで、超能力を研究しているうちになぜか投資家として成功してしまった人。

一体どうやったらそうなれるんだと思うけれど、そこは、それぞれ、本人なりの論理というものがあるらしい。

この家を作った内田洋平なんかもそうで、彼は年がら年中、寝言みたいなことしか言っていないにもかかわらず、日本全国にパトロンがいっぱいいて、仕事をしなくても生きていけるだけの収入があるのだった。彼は幼稚園の時に、絵本を2000冊読んで気が狂ってしまったのだと言っていたが、私はおそらくそのずっと前、母親の胎内にいるあいだに頭をどっかにぶつけて狂ってしまったのだと思う。フツーの幼稚園児は絵本を2000冊読まない。

彼は小学校で意味不明な発言を繰り返したため、教頭は彼の母親に彼を精神科に連れていくことを勧めたそうだ。精神科医は彼に「1たす1は」と尋ねた。彼の頭に浮かんだ答えは「いっぱい」だったが、その時の彼を見つめる医者の目があまりにマジだったために、思わず「2」と答えてしまい、正常と判断されて彼は解放された。彼はその時のことを一生悔いているそうだが、ともかく、そんなやつなのだ。

大学生の時の私は、会社員にならなければ、人生は終わってしまうとばかり思っていた。一度、人生の道を踏み外したら、二度ともとには戻れない、と怯《おび》えていた。

ところがどっこい、現実には、世の中には当時の浅はかな私が想像していたよりも、実に

100倍以上もの仕事があり、お金の稼ぎ方があり、キャリアの築き方があったのだ。

そう知ったのは、卒業してから2年も経った後だった。

私がすべてだと思っていた世界は、なんとまあ、ちっぽけなものだったのか。

世の中、どうやったって、生きてゆけるんだなぁ。


私は彼らから、やがて、少しずつ、少しずつ、自分の常識の外側に、「1たす1は2」以外の世界がはるかに広がっていることを学んでいった。

一滴しずくが落ちるごとに、水の上の波紋が大きく輪を広げるように。

そういう「かくあるべき」の世界から、彼らはすこしずつ、すこしずつ、私を連れ出してくれた。就職できなくて、いじけている私に、彼らは外の世界を、見せてくれた。

ひきこもっていたのは、身体ではない。かたくなに失敗をおそれる、じぶんの心だったのだ。

このひきこもりの期間に、私は生きてゆくための姿勢を、じぶんの背骨のかたちを、静かに、少しずつ、形成していったように思う。この家を通り過ぎてゆく、いろんな人が手のひらに載せてくれた、小さなパーツたちで。

ときおり今の私の元にも、そういう、足踏みをしている期間の人から、メールが届く。

「自分探しがやめられない」という、相談のメール。もしくはひきこもらざるを得ない自分を、社会に出るところでつまずいてしまった自分を、呪うようなメール。

「いつまでもこんなことを続けていてはいけないと思いつつ、ついつい、『自分にはサラリーマン以外の道があるのではないか』という幻想にとらわれてしまいます。だからって特にやりたいことがあるわけでもない。『自分なんかダメだ』という気持ちと、『自分には何かができる』という思いの間で引きさかれて、時間ばかりが過ぎてゆく」

ひきこもりも自分探しも、悪ではない。

それは、自分の内的世界を醸成する、豊かな期間だ。

ひきこもりも、自分探しも、私に「見る」ことを教えてくれた。自分の好きなやり方で、あるいは自分が予想もしていなかったやり方で、世界をまなざす方法を、教えてくれた。空白の期間だったからこそ、私はそれを、そこで出会った人々が与えてくれたものを、素直に受け取れたのだ。かたくなに足を動かしていた期間だったら、きっとそれをはねのけていただろう。

自力でばたばたと、走っていった方向ではないほうに、彼らは世界を拡張してくれた。それがあったから、私は今日まで、生きて来られたのだ。

正常に、社会の時間に合わせて生活している期間より、息をとめて、ひそんでいるその時期に、何にも出会わないなんて、誰が決めたんだ。

自分を見つめて、深く潜って、もしそこに、なにもなかったとしたら、諦めて出てくればいい。その時は、外に広がる豊かな世界に気づけるだろう。眩しさに目を細めて、出てくればよいだろう。それだけの準備期間を、私は長くもったという、ただそれだけのことだろう。

足踏みの期間は、決して、無駄ではない。

私はひきこもらざるをえなかった自分を、あのとき、自分の中のかすかな走光性にしたがって、玄関でうつむいていた自分を、自分のスイッチが、ぱちんと切り替わるのを、ただ、待っていた自分を、少しだけ、褒めたい。

恨みの代償

どろりとした暑さが顎《あご》から伝い落ちる、ある夏の日のことだった。

高校から帰ると、祖母が青い顔をして、誰かと電話で話していた。

受話器を下ろした祖母が言った。

「おじいちゃんが死んだのよ」

ああ、そりゃ、そうだろうな、と思った。

だって、私が殺したんだから。


祖母の背中は醜く、曲がっている。

祖父が岡山の家の中で、祖母を蹴り倒した時、背中が応接間の戸棚に当たり、祖母は背骨を骨折した。

幼い私と従姉妹《いとこ》はそれを見ながら怯えていた。怯えて、罪悪感に苛まれていた。

私と従姉妹を庇って、祖母は祖父に蹴られた。そう、分かっていたからだ。帰省のたびに目にする、酒に酔って鬼のような形相で暴力を振るう祖父と、黙って耐える祖母。そして、それを止めもせずに、しらんぷりする親戚たち。

それが私にとっての、「親戚」の原風景だった。それは何度もあてたタバコの火のように、幼い私の心にどす黒く焼き付いた。

祖父について、私は多くを知らない。祖母が語らないからだ。ただ、戦後、圧倒的に男が足りない中で、仕方なく、祖母の家に婿養子に出されたということは知っている。祖母の生家に馴染まなかった、ということも。祖母の両親が死んでから、それまでおとなしかった祖父が手のひらを返すように暴力をふるいはじめた、ということも。

奥の間の白い障子に、祖母が殴り飛ばされた拍子に額をぶつけ、切れた傷から噴き出した血の飛沫が、猫の掻き傷のように残っている。それは幼い私の視界にもちらちらと痕をつけた。

祖母はときおり、障子の前に立ち、じっと、それを見つめていた。そうして、幼い私に、祖父に対する呪詛《じゅそ》を吐き続けた。

「結婚するんじゃあなかった。人生を無駄にした」

ならばなぜあなたは、暴力を振るわれると分かっていても、毎夏毎冬、私を連れて、帰省するのか。私は祖母に、聞けなかった。

祖母が殴られる原因の一端は、幼い私や従姉妹の粗相にあると、私には分かっていたからだ。たとえば、着替えが遅い。たとえば、祖父の買って来たおもちゃで遊ばない。その矛先は、必ず、私たちではなくて、祖母に向かうのだった。

なぜ、あなたは私たちではなく、祖母を殴るのか。でも、私には聞けなかった。それを聞くことさえ、「子ども」という型に押し込められた私たちには、許されていないような気がした。問いかけられない質問は、やがて罪悪感となり、心に黒く染みついた。

大きくなるにつれ、その罪悪感をふちどるように、祖父への恨みが、めらめらと燃えはじめた。

祖母と、幼い従姉妹を守れなかった私。

私の中で、祖父のイメージはどんどん、醜く変形した。

私にとって、あまねく親戚の不幸の元凶は、あの邪悪な祖父だった。

いつか、殺してやりたい。

人生でいちばん最初の、恨みをお腹にもったまま、私はすくすく成長した。

祖父が脳溢血で倒れて寝たきりになったのはそれから10年後のことだった。

祖父はそれからしばらく、岡山の病院に入院していた。祖父の世話は、叔父の奥さんの義叔母がしていた。

私は、今しかないと思った。

これから、5歳の時に私が受けたこの恨みを、晴らすんだ。


ある日の午後だった。

私は震える手で電話をかけた。祖父の病院の番号は、祖母の手帳をあらかじめ盗み見て知っていた。

総合の番号に電話をすると、看護師さんが、病室の電話機に内線でつないでくれる。私は孫ですと言って、祖父の病室の番号を告げ、取り次いでくれるように頼んだ。

がさがさと、ひび割れたコール音が鳴る。

祖父は電話に出た。

当たり前だ。東京の孫から久しぶりに電話があったのだ。

そりゃあ出るだろう。

祖父の声は、くぐもってよく聞こえない。老人特有の、ふがふがと空気の混じる音が邪魔をする。嫌悪感がさっと、腹の底を掃いた。

病院の電話が悪いのか、祖父はもう、ろれつの回らないほど衰弱しているのか。

何を言ったらいいのか、迷ったけど、私の口から出たのは、とても単純な言葉だった。

「死ね」

つぶやいてみると、この言葉は口の中で簡単に溶けた。

もっと重いかと思った。

口にするだけなら、どんなに意味の重い言葉も、とても軽いのだ。

電話の向こうで、祖父の息をひゅうっと吸い込む音がする。一拍置いて、「はぁ？」という間の抜けた声がとんできた。耳が遠くなっているのか、そんなことを、孫に言われると思っていないのか。

私の中の、何かが決壊した。

「死ね」

「死ね」

「死ね」

黒い花のように、言葉が受話器の向こうの空間にぽつぽつぽつぽつと咲いてゆく。花弁が広がるごとに、脳幹がびりびりと痺《しび》れてゆく。

ああ、たぶん私は、自分にも相手にも、よくないことをしているのだ。

この言葉を言うことで、たぶん、自分も傷ついている。相手を傷つけながら、自分の魂も損なっている。それは身体で分かる。肺が、苦しい。言葉を吐くのを阻止するように、胃が、きゅーっと縮む。

でも、やめられない。自分を止める気持ちよりも、恨みの速度のほうが、ずっと早い。

もう、これを言わないと。

祖父は回らない口で怒っていた。しかし、上手く聞き取れない。聞き取れないのをよいことに、私は、祖父を、罵倒し続けた。

一度言ってしまったら、もう、止まらない。私はそれからしばらく、毎日のように祖父に電話をかけ続けた。祖父の身体は不自由だ。枕元の電話に、受話器を戻すことすらも一人ではままならないと聞いていた。わたしは祖父がいかに、家族を傷つけて来たかを延々と語り、ありったけの罵詈雑言を浴びせ続けた。

やめたのは、たぶん、テストが近くなったから、とか、そんな理由だったと思う。しかし、それ以上に、飽きたから、というのが大きかっただろう。祖父はそのうち、無反応になった。祖父は黙って電話に出続けた。私の罵倒を聞いても、ただ、ただ、黙っている。言い返したり、反応したり、しなくなった。私はだんだん、つまらなくなった。老人なんて、こんなものか、と思った。そのうち私は祖父に電話をしなくなった。そのことを忘れかけた頃、祖父は死んだ。最後のほうは、誰も見舞いにこなかった、という。悲惨な死だった。葬式には、もちろん行かなかった。

私が祖父の家を再び訪れたのは、それから数年後、別の親戚の葬儀の時だった。子どもの時、あんなにも大きく感じていた家は、大きくなってから訪ねてみると、拍子抜けするほど小さかった。

主のいなくなった家は、まるで心中するかのように生命力を失いつつあった。太く立派だと思っていた、檜《ひのき》の柱は、老人の骨のように弱々しく朽ちて見えた。畳の目のあいだから、老人の腐臭がする気がした。

頼まれて、家の中を片付けていた時、義叔母がふと、こちらを見ずに言った。

「おじいちゃんはね、そういえば、みゆきちゃんのことをとても心配していてね。みゆきちゃん、おじいちゃんに、最後に電話、してたでしょう。おじいちゃんはね、みゆきちゃんのこと、小さかった頃にあれだけ、可愛がったのに、どうして憎まれなくちゃいけないんだろう、って、死ぬまでずっと言ってたのよ」

胸をずどんと、太い槌で打ち抜かれたような気がした。

祖父の中では、私との思い出は、甘美なものだったのだ。

なぜ、自分が恨まれるのか、分かっているものだとばかり思っていた。

祖父はたぶん、祖母を殴ったり蹴ったりすることを悪いとすら思っていなかったのではないだろうか。だとしたら、私のあの復讐は、全く無駄だったのではないだろうか。

私はなぜ、祖父が受話器を置かなかったのか、それまで思い当たらなかった。

そんなことを考える余裕なんて、なかったのだ。

ああ、もしかしたら、祖父は私と最後まで、関わりたかったのじゃないか。

祖父は、回らない口で、私に何かを問いかけていたのではないだろうか。


心に、黒い穴が開いた。

そしてそれは、もう、取り返しがつかない。

祖父は死んでしまった。死人の時間はもう、変えられない。

空に祖父がいたら、この私を見て、どう思っているだろうか。

憐憫《れんびん》の情で見ているだろうか。

せせら笑っているだろうか。

それとも、生前、身の回りのあらゆる相手を憎んでいたのと同じように、私のことも、憎んでいるだろうか。

　祖父の仏壇の溶けかけた花が、睨むようにこちらを見ていた。


　今でも、意識が混濁するほど暑い真夏の日には、あの、ひび割れたコール音が、ふいに、記憶の内側から聞こえてくることがある。あの時の自分の「死ね」という声が、受話器越しの声となって、耳の奥で鳴る。

　話しているのは私なのに、その声は受話器越しのくぐもった電子音として聞こえるのだ。その時、私は、それを聞いている、身体の動かない祖父になる。

　すべての恨みは、幻想だ。でも、幻想を抱いているうちは、決してそのことには気づかない。その幻想が、いかに自分を損なうのか、ということにも。

　自分が本当にしたかったことは、それではない、ということにも。

　この話を、親しいカウンセラーの友人にしたら、

「小野さんのおじいちゃんは、自分が他人にしたことが、返ってきただけだからね、仕方が無いよ」と言っていた。

　そうだろうか。

　だとしたら私も、祖父への恨みが回り回って、いつか孫に呪い殺されたり、するのだろう

か。

今の私は、それも、仕方がないな、と思う。

人間関係は円環だ。

何がいいとか、何が悪いとか、そういうことはない。

ただ、私は、もう、恨みを自分から人に渡すのは、できるだけ、やめたいなと思う。

親戚の死というのは変な感じがする。

自分が死ぬ訳ではないのに、自分の身体の一部が持って行かれるような気がする。

それが幸福な死であれば、その喪失もやがて、焼かれた骨のように、いつかはほろりと、崩れて消える。

死に方が悲惨であれば、身体の一部がずっと、痛むような気がする。

これまで私の立ち会った親戚の死で、悲惨なものは二、幸福なものは一、であった。

今の私は思う。

どうか、残りの人たちが死ぬ時には、それが幸福なものでありますように、と。

残りの、私の目が少しでも届く範囲での、彼らが、少しでも、自分の人生を振り返って、幸福だった、と思いますように。

死の間際に思い出すのが、誰かから受けた恨みではなく、一番その人が幸せだった、親しい誰かとの景色でありますように、と。

私はそのために、できるだけのことをしよう、と思う。

それが、私にできる、祖父への償いだ。

風呂なし生活のスヽメ

仕事のないしばらくの間、風呂のない家に住んでいた時があった。

最初にそこに住もう、と思ったのは、単純に、銭湯通いをしたかったからだ。家賃をおさえる意味ももちろんあったけれど、生活の中に、自分だけのリズム、自分なりの、人生の基点を作りたかったからだ。

26歳の私は、いろいろなものや人に振り回されていて、ボロボロだった。ひどい恋愛に振り回されて十二指腸潰瘍になり、仕事もまったく空回りで、どこに向かって行ったらいいのか、まるで分からなかった。モノが食べられないのであばらが浮くほどにやせこけて、夜中に胃の痛みでたびたび、飛び起きるせいで、昼間はいつも、朦朧《もうろう》としていた。

そのうち、自分から仕事を辞めた。自信はゼロに等しかった。社会の中に、自分が挟まる余地なんて、どこにもないような気がした。

人生の中に、一日の中に、自分の基準がどこにもなかった。

仕事や人間関係で倦《う》むのは、それら自体が問題なのではない。自分を棹《さお》さす地点を、人生の中に、どこにも持っていないからだ。基点がないから、振り回される。

ふと、学生時代に夏休みに京都に出かけ、友達の家に仮住まいしながら、毎日銭湯に通っていた時のことを思い出した。

どうせひまな人生だ。

銭湯に行く、その30分とか1時間を、人生の基点にして、そこから一日のサイクルを作りたい、と思った。たとえ生活してゆく過程でなにかに振り回されたとしても、そこだけはぶれない、人生の中の、自分だけの基点。

不動産屋さんは、女の人にはおすすめしませんよと言いながら、意外と簡単に部屋を探し出してくれた。

渋谷からひと駅。駅徒歩2分。渋谷にも原宿にも歩いて行ける。1K10畳、前年度リフォーム済みで家賃4万5000円ポッキリ。

なんのことはない。「風呂がない」ということで、人々の選択肢から除外されているだけで、そこさえ気にしなければ、驚くほど格安の優良物件が、ちまたには溢れているのだ。

さっそく私はその家を借りた。友人たちに「風呂のない家に住みはじめた」と言うと、「大変だね」とか、「高くない？」と言われたけれど、月1万円かそこらで、だだっぴろい風呂（掃除つき、ガス・水道代含）をアウトソーシングしていると思えば、安いものである。風呂代をプラスして、5万7000円前後で風呂つきの家に住むより、ずっとよい生活だと、私は勝手に合点して、この風呂なし生活を始めた。何も持たないこの時の私にとって、それは、生活の中に生まれた、たった一つの楽しみだった。

乳白色の湯気が待つ、やわらかい空間。そこを目指して、きんきんと寒さがふりそそぐ、12月の大通りを歩いてゆく。銭湯のぼんやりとした灯りは、まるで希望のように、街の路地の角っこを照らしていた。

銭湯通いは、私に想像以上に大きな効果をもたらしてくれた。

銭湯には、他人がいた。

近所の商店街の、店番親子。代々木公園を走り終わった、外国人ランナー。部活帰りの中学生。深夜に行けば、店を上がった後の、ハデなキャミソールに身を包んだ、スナックのホステスさんたち。

服を脱いだばかりの彼女たちの冷たい身体が、浴場のドアを開け、ずんずんと温かい湯気の中に入ってゆく。そのとたんに、それまで身にまとっていた緊張が脱げ落ちて、彼女たちは、やわらかいただの裸体へと変貌する。

空間の中に、他人の裸体がみっしりとつまっていて、それらは性的な作用とは、全く別の次元で紐解かれ、たがいの気配でたがいをほぐし合う。

無関心の中にすらある、無言の連帯。

そのことが、わたしをおちつかせる。

昼間の客のほとんどは、近所の商店街のおばちゃんだ。彼女たちの、

「あそこのテナントのオーナーはすこぶる態度がわるい」

とか、

「あそこに入った店はいつも半年ともたずに潰れる」

といったうわさ話を聞きながら、広い湯船に浸《つ》かっていると、他人の人生が、数限りないひだをもって、胸の前に迫ってくる。

持てる肉体の栄養をすべて、家族のために使ってやってしまって、皮の袋みたいになった老人たちの身体。美しい老いもあれば、悲しい老いもある。シャワーで泡を洗い流したあとの、彼女たちの皮の照りの違いで、それに気づく。どの身体にも、それぞれの歴史が、深く刻み込まれている。

洗い場で、シャワーに髪を任せながら、首を90度かたむけて、清潔な湯船にたゆたう、三十路前後の白い乳房が、おなじ乳白色の蛍光灯の光を反射しつるりと輝くのを見ると、なんとはない、他人の命の色かたちが、網膜にきつく迫ってくる。

陽の光が差し込んで白くけぶる海中に、遠目に揺れる珊瑚のような細く淡い血管が、血の色を帯びた女性の臀部《でんぶ》のやわい皮膚のしたに、本人にも知れずに浮かびあがるのを見ると、ああ、生きている、命が、ここにあって、私とは無関係であるけれど、けっして関係なくはないのだ、同じ命の機能と構造をもって、今、まさにめいっぱいに発動しているのだと、わんわんと芯からこころにひびいてくる。

電車の中で、仕事先で、街で、これだけ多くの他人に揉まれて生きているのに、これほどまでに他人の人生を密に感じられる場所を、私は他に知らない。

銭湯は私にとって、命のつまった、神聖な祠《ほこら》だ。

ほっといても、他人に主張する、暴力的な生。それが私たちの身体の本質だ。私はそのことに安心する。私も、その、一人だということに。

不思議だな。この前まで、他人との関係にすり減って、揉まれて、げぇと吐きそうなほどに消耗して、苦しんでいたのに。

もしかしたら、私は他人とつきあっていたわけではないのかもしれない。

自分の中に閉じこもったまま、相手のことを感じもせず、自分のことを知らせもせずに、付き合いに悩んでいると言いたかっただけなのかもしれない。ひたすら、自分の部屋のドアに紐をかけて、内側から一生懸命、引っ張っていたのかもしれない。

銭湯は空白だ。

自分に染み付いた価値基準からいっとき離れて、空白の場所を持つことが、私をどれだけ、やしなってくれることか。

公共というにはいささか私的すぎ、かといって決して自分を閉ざせない。他人の私的がさらされている場所。他人の私的に自分が埋め尽くされる場所。

銭湯通いを始めてから、私はたちまち、元気になっていった。生きている実感が、めきめきと、お腹の底から湧いてきた。そうこうしているうちに、フリーランスとして、初めての仕事が舞い込んだ。少しだけ、私は前より、他人に自分を開けるようになった。

今でも仕事で煮詰まった時には、銭湯に行く。悩んでいても、銭湯で他人に囲まれると、なんのことはない、ただの人生なのだと、あっけらかんと考えられる。風呂から上がり、暖簾《の》《れん》をくぐる頃には、いったん洗い流した、まっさらな自分の中から、また、次の一歩が、にょきにょきと生えて来る。

少し前、ブログを読んでくれた童貞の男の子からメールがきた。

「自分は26歳だけど、未だ童貞で悩んでいる。どうやったら童貞を捨てられるか教えてほしい、そのためならナンパ修業でもスポーツ修業でもなんでもします」と。

季節は冬。思考が冷えているのか、追い詰められた様子で、せつせつと書いてあった。息継ぎのない文体から、彼の追いつめられた顔が浮かんで来た。私は「ナンパも筋トレもしなくていいから、まず、毎日お風呂にゆっくりと浸かってください」と返事をした。彼が実行したかは分からないけれど、しばらくして「以前より、思考にとらわれないで、リラックスして過ごせています」と返事が来た。

自分とずーっと打ち合わせしていても、ろくなことにはならない。

それよりも「自分から距離を取る」ことの重要さ。

一日の中の、いっときでも、自分というものを遠くに投げること。その空白の地帯に、いま、ここに生きている現実のゆびさきが、こちらを向いて待っている。

シェアハウスもよいけれど、人と関わるのが苦手で、つい自分にひきこもりがちな人には、銭湯もよいものだ、と思う。

やりまんにならない勇気

ライターとして、仕事をしはじめてから、約1年半後のこと。

電車に乗ろうとした時、突然、パニック障害の症状が再び襲って来た。

肩が上がらなくなり、頭にずんと、漬物石が載ったように一歩も動けなくなる。

冷や汗がだらだら出て、足ががくがく震える。

こうなるのは大学の時以来だ。

でも、私には経験という武器がある。慌てずに「あー、あの症状出ちゃった」と、ぼんやり思う。

歳をとる、というのは、悪いことのように思われているけれど、こういう時には利点のほうを強く感じる。

心がすこぶる冷静なまま、身体の変化を観察している。無理に動こうとしない。JRの駅の黄緑色の時計の上を、針がゆっくり滑るのをぼーっと、眺める。そのうちに、文字盤の上の時間が、ちくたくちくたく、身体の中に蘇り、現実を再び取り戻す。

こうなる理由は自分でも、よく分かっていた。

フリーランスになってから1年半、私はなるべく、他人に好かれたいと思いながら仕事をしてきた。

断ったら次が来ないのを怖がって、どんな仕事も受けるようにしていた。そうしたら目が回るほど忙しくなって、息継ぎもしないまま、私は仕事をこなしていた。

依頼が来るのは嬉しい。超嬉しい。当たり前だ。夢にまで見た仕事なのだ。しかし、どこか虚しい。全部60パーセントくらいの出力で仕事をしている気がする。どの足を動かしているのか分からないタコみたいだ。

どれでもにイイ顔をして、どれでもに中途半端になっている、今の自分のざまはなんだろう。

一昨年、付き合っていた男の子のことを思い出す。劇団を主宰していて、私よりもずっとずっと、人の目にさらされる経験をして来ている人だった。ケンカ別れになってしまったが、振り返れば、彼の言っていることはいつもだいたい正しかった。

彼には、私にはない自信があった。学生だったけど、若さのせいだけじゃない、自身に対する信頼があった。就活の時も、彼は自分が本当に受けたい数社しかエントリーしていなかった。焦って周りが何十社もエントリーしているのに、気にしていない様子だった。

「〇〇君は、あれもこれも、って、手を出さないんだね」

と言ったら、

「そう。全部に対してやりまんみたいな感じになったら、結局どっこも受かんないからね」

と彼は答えた。

それはこれまでの経験の中で、学んだことだからね、と。私はそれを聞いて、〝はっ〟、とした。

そう、あのときは〝はっ〟、としたのに、あの〝はっ〟、は今までどこ行っていたんだろう。

今の状況は、就職活動の時と一緒だ。あの時も、私はリクナビでエントリーした50社くらい全部にやりまんになって、結局どこも受からなかった。

何をやったら、どんなふうにすれば人から求められるか、それはかり考えていて、結局1社も受からなかった。

自信がないからやりまんになるのだ。一つの仕事とランデヴーするだけの、気概と自信がないからそうなる。

求められることを求めると、結局誰からも求められない。でも、誰からも求められないのは、怖いことだから、皆求められるために努力する。

言葉では嘘をつくことはできるけど、人の顔は、嘘をつけない。今の私は、きっと、ものほしそうな顔をしているはずだ。

多くの他人から求められたい、好かれたいという、ものほしさが、塩化ビニールのマスクのように顔にまとわりついて、その人の本来の顔を、見せなくなってしまう。

心は時々、頭ん中の欲望に振り回されて、本当に大事にしたいものを忘れる。現実を忘れて、風船みたいに、どっかに行っちゃいそうになることがある。でもそれを、

「私は現実にうまく対処している」と錯覚してしまうことがある。

でも、そうやって達成したことは、自信にならない。

自信になるのは、いつだって、心で現実にぶつかっていった時だ。

それが頭の中にはね返ってきて、世界にきちんと接地した、いい仕事ができる。

とりあえずは、やりまんにならない勇気を持つことだな。

「仕事」が分からない人に

私のブログには、よく「仕事との付き合い方が分からない」というメールが届く。「なんで就活をしないといけないのか分かりません。なんで学生4年やっていて、いきなり社会に放り出されるんだろう」

「仕事はつらいものだからしょうがない、とか、仕事だから割り切って、っていう言葉自体が死ぬほど嫌です。〝働くのって大変なんだよ〟とか、本当にそうなのかもしれないけど、そういうふうに言っちゃう社会や、言われること自体が死ぬほど嫌だ」

みんな、就活や、働くことがキライらしい。「自分の仕事をつくる」とか「〝好き〟を仕事にする」とか「旅を人生に」とか、そういう自己啓発めいた本がバカスカ売れる一方で、「甘いこと言ってんじゃねーよ、就活なんてダセーって言ってるやつのほうがダセーんだよ、いいから黙って働け」みたいな、旧来のパタナリズム的な論調もある。「仕事アレルギー派閥」と「モーレツ社員（60年代的な）党」の過激な発言がネット上で飛び交う一方、その中間層の「まあまあ」派の話はあまり聞こえてこない。

そんな茫洋とした論理の洪水に押し流されて、どこか遠くへ行ってしまう人、就職の最初のステップでけつまずいて、動けなくなる人、そりゃ、いるだろうなあ、という感じがする。

ここで私の恥ずかしい話をする。20代の前半、私は、マジにマジに、絶望的に仕事ができない人間だった。


24歳の時、最初にアルバイトとして雇ってもらった、小さな出版社のミシマ社では、あまりに仕事ができなすぎて、しょっちゅう怒られていた。私はいつもぼーっとしていた。あまりにぼーっとしていて、まっすぐ切れと言われた紙をまっすぐ切ることすらもままならなかった。150部刷るところを1500部刷って怒られたり、3ヶ月経っても荷物の発送業務すらも覚えられずに北海道に送るべき荷物をなぜか宮崎に送ってしまい、営業担当の社員さんに代わりに平謝りさせてしまったりした。自分がぼーっとしているだけのくせに、「私がぼーっとしているのは、オフィスのエアコンがめったに稼働しないせいだ」と心の中で勝手に言い訳していた。社長の三島さんにはいつも「いいか、集中や。集中すれば人間なんでもできるんや。小野さんに足りんのは集中だけや」と言われていたが、私にはどうしてもその「集中」というのができなかった。

あまりに集中できなすぎて、ミシマ社はマイルドに首になった。その時も私は「そもそも出版の仕事がしたいかどうか分からんし、社長のワンマン出版社なんて就職してもつまらんし。自分が主役になれる仕事じゃないと嫌だ」とかなんとかわけの分からないことをほざいていたのである。

この時の私は、「理想の職場」っていうもんが、どこかにあるもんだと思っていた。転々とすれば、そのうちそこに、辿り着ける。「やりたいこと」だって出てくるはずだ。それに出会うまでは、本腰を入れられないのは、仕方がない。だって〝本物〟じゃないんだから。そう言い訳をして、私はずっと、ぼーっと現実をやりすごしていた。

次に入った会社では、一日中Twitterばかりやっていた。一日8時間の業務時間のうち、9割5分をTwitterに費やしていた。

与えられた仕事はウェブディレクター。ウェブディレクターというのは、本職としてマジメにやっている人にとっては本当に失礼な話ではあるのだけれど、ネットが好きで、ちょっとSNSとか分かれば、安易に名乗れる仕事でもある。その人に、職業として深める意志があろうとなかろうと。私の場合はもちろんなかった。面接では偉そうなことを言ったけど、実際に働いてみると2日で飽きた。ディレクターといっても、小さな会社なので、実際の仕事はほぼ雑務である。これ整理しておいてと渡されたエクセルの小さなマス目に電話番号の数字の小さな楕円とか○とか半円の塊がくろぐろと並んでいると、どばっと生えた乳歯がこちらをぱんと見ているみたいで思わずパニックを起こしそうになった。その会社は「世田谷ものづくり学校」という、当時話題のおしゃれな複合オフィス施設の一画に入居していて、そこで働く人々も、華やかで煌《きら》びやかで、皆、個性バクハツ！　って感じだった。中目黒か代官山か青山で買った服を着て、世田谷の素敵なカフェか休日のバーベキューか、著名人と並んだ写真ばかりSNSに上がっていて、私は「けっ。オシャクソどもが。Instagramばっかりやってんじゃねーよ」と思いつつも、彼らのことがうらやましくて仕方がなかった。すでにもう、自分を確立した人しかいない世界で、「おしゃれ」っていう形に切り抜かれたシルエットの人たちの間で、私は気後れの塊だった。オフィスにいるあいだじゅう、気だけは後頭部からすっ飛んで、デスクの背後の窓をぶちやぶり、500メートルくらい遠くの小学校の校庭の上らへんに浮遊していた。

キラキラして派手で自信があって、楽しそうな仕事をしている人間たち。そういう人たちと、何をどう話して冗談のひとつも言えば関係を築けるのか、とうてい分からなかった。分からないから、全部先延ばしにして、ずっとTwitterばかりやっていた。

Twitterに逃げたのは、そこで何を発言しても許されるからだ。

現実がどんなにしょぼくても、布団の上で菓子食ってるニートでも、子どもと妻に相手にされないリストラ寸前のサラリーマンでも、発言が面白かったり過激だったりすれば人気が出る。一日18時間くらいTwitterをやっている仕事のできない女でも、ちょっと情報を切り貼りして、エラそうなコメントをつけて流すだけで、たちまちフォロワーが増えるのだ。

この頃、私は自分と同じような境遇の、うだつのあがらない男と恋愛していたので、倍率ドンで痛かった。しかし何と言っても、一番痛い思いをしたのは私ではなく、周囲だろう。そんな人が一人でもいたら、会社的には大ダメージだ。私が社長だったら、私なんか雇いたくない。少なくとも、ウェブディレクターとしては。

こうして私のTwitterのフォロワーは増え続け、現実の周囲の人間には呆れられ続けた。

次に働きはじめたのは、新宿・歌舞伎町のとあるバーだった。バーの名前は「漆黒」。歌舞伎町のど真ん中にある、開業40年にもなる老舗《しにせ》のバーだ。

なぜ私がそこの店に惹かれたのかというと、理由はただ一つ。「遅刻・欠勤ＯＫ」という、ゆるすぎる店のルールである。

「このバーのマスターは豪傑で、なぜかシフトも自由だし遅刻しても怒られないから、みゆきちゃんにぴったりだよ」

そう、以前そこの店に勤めていた知人に勧められて、働きはじめたのだった。

今はその癖も直ったけれど、当時、私は遅刻しかできない人間だった。

あまりにも遅刻しすぎて、相手に「いい⁉　社会に対して、やましいところがあるから、君は必ず遅刻するんだよ」とどなられたこともある。しかしその時も、鈍い私は反省もせず、(ふむ、それもそうだな)と納得し、口だけで「スミマセン」と言った。当時の私は、何になのかは分からないけれど、とにかく何かに対して常にやましい気持ちを抱えていた。今思えば、26歳にもなって満足に働けもしない、自分自身に対するやましさだったのかもしれない。

とにもかくにも、当時の私の中では遅刻しても怒られない職場というのは、都会に浮かぶ聖地、みたいなモンだったのだ。嬉々として私は面接に向かった。

歌舞伎町の雑居ビルの、うなぎの寝床のような細い廊下のどんづまりに、そのバーはあった。

黒く重々しいドアを開けると、真っ黒な漆塗りの一枚板のカウンターが店の中央にでーんと横たわっている。店の面積のほぼ半分を占めるそれは、国宝級の職人の手によるウン千万の超高級品だった。控えめなブルーのライトが、つややかな漆の色を、その背後に並ぶバカラのグラスの繊細な形を、暗闇に浮かび上がらせている。

その後ろには、白いフリルブラウスに、黒のタイトスカートという、昭和の匂いのする制服に身を包んだ10代から30代の女性たちが、ぴったりと並び接客している。髪型は全員、黒のセミロング。

ネズミが走り回り、オカマバーとハプニングバーの嬌声と罵声が響き渡る、地震が来たらぺしゃんこになりそうなオンボロビルの中に、扉一枚隔ててそのバーは静かに佇《たたず》んでいた。別の時空をつぎはぎしたように、あまりにも外と内とが不釣り合いで、私は頭がくらくらした。


初めてその店のマスターに会った時のことはよく覚えている。初出勤の日、少しだけ早めに店に着くと、面接の時にはいなかった、白髪で血色のいい、恵比寿様のような老人が店の真ん中に鎮座していた。彼は私を一目見るなり、にかーっとチェシャネコみたいに口を裂いて笑うと、一言、こう言い放ったのだった。

「おう、お前は、自分の世界に酔ってるな！」

私はぽかーんとして、彼が店のマスターであることを理解するのにしばらくの時間がかかった。

私が呆気《あっけ》にとられているのを尻目に、マスターはポケットからすばやく万札を鷲摑みにすると、私の手に握らせた。タワシでも手渡すような手つきだった。「これで出勤用の靴でも買え。いいやつ買えよ。伊勢丹で買え」

私は面食らった。なんだ、こいつ。

でも、あまり腹が立たなかった。「自分の世界に酔っている」。確かにその通りだ。言い得て妙だな、と、素直に納得した。

マスターはそう言うと、すごい早さで帰って行った。酒の匂いがぷんと去ったあとに取り残されて、けれどもなぜかそこに性的な匂いはなかった。

それを見ていた年齢不詳のママが、「マスターはあなたのこと、気に入ったみたいよ」とぽつんと言った。


私はことあるごとにマスターに「お前は自分の世界に酔ってる」と言われ続けた。マスターはそれを、叱責するふうもなく、肯定もせず、ただ、面白がるように、ニヤニヤしながら、言うのだった。

マスターは昼でも夜でも、飲んでいても飲んでいなくても、べろべろに酔っているような口調で話し、上機嫌の夢遊病者みたいな顔つきでニヤニヤ笑いと真顔と怒り顔を行ったり来たりしていて、一見すると危ない人だけど、実は、ものすごく幅広いネットワークを持っていた。毎夜、業界人から企業のお偉いさん、何をやっているのか分からない怪しい人、いろんな人が店に通って来た。でもマスターはほぼ店には顔を出さず、週に1、2回、開店中にふらっと現れてはその場で暇そうにしている女の子を2、3人つかまえて焼き肉を食べに連れて行き、全部払ってさっさと帰る。そういう謎の「足長おじさん」だった。

バー「漆黒」に集まる女の子たちは、新宿という土地柄からか、「〇〇座」とかなんとかいう、劇団所属の女優志望の子たちが多かった。今時そういう劇団に所属する、レトロすぎるセンスの女の子たち。はっきりいってブスばっかりだった。彼女たちは私と同じように、みな、働く事への自信がどっかでぽきっと折れていた。OLさんにはなれず、かといってキャバクラや風俗で働くほどには女の性を売り物にもできない。ぽきっと折れた低いハイヒールのまま、地べたを引きずるように歩いている。そういう女の子たちが、現実をしのぎにふらっと集まってきて、なんでか知らないけれど奇跡的に経営が成り立っているのがこの店だった。バー漆黒は、夢見がちな、現実から乖離《かいり》した女の子たちを、一時的にかくまってくれる、防空壕のような、繭のような、そんな場所だった。

ここですらも、私は満足に働けなかった。私はお店を、一緒に働く女の子たちを、自分以外の他人すべてを、見下していた。ふん、そんな甘い夢見ちゃって、ばかじゃないの。そんなのどうせ、叶うはずないじゃん、って。

　人を見下す人間は、本当は、見下すことで自分を守っているだけなのに。


　今なら分かる。なぜ、私がそんなにぼーっとしていたのか。遅刻ばかりしていたのか、人を見下していたのか。

　私は逃げていたのだ。本当の望みから。

　本当は死ぬほど書く仕事がしたい。編集者さんと互角に付き合える、著者の人が死ぬほどうらやましい。自分の名前で本を書いている、イケてる人たちに心底、憧れる。でも、自分はそこに行けない。せいぜい、サポートするだけ。悔しい。

　でも、新卒無職の人間を、いきなりライターとして雇ってくれるところなんて、あるわけない。そもそも自分にそれだけの実力があるなんて、とうてい思わない。それに、もし挑戦して、それが叶わなかったら、私は一体、どうしよう。

「本当の望みなんて、叶うわけがない」

　そういう、さわやかでない諦めを抱えながら、私はいつもくすぶっていた。くすぶりながら、現実的な「第二志望」をジプシーして、でもいつも「どこか違う」と不満を言っていた。

「第二志望」なんだから、「どこか違う」のは、自明のことなのに。

欲しいものは、崖の向こうにある。でも、飛べない。崖の向こう側をチラ見しつつ、「どうせ飛べないし」とふてくされ、だからってチラ見をやめることもできずに地団駄を踏んでいる人間。そうやって、見たくないものからも、「本当に見たいもの」からも、目をそらし続ける人間。それが私だった。

私は予想通り、数ヶ月でその店を辞めた。ある時、とある客と口論になってぶち切れ、その時注文されて作っていた、バカラのグラスに入ったウィスキーを思わずその客の前にダァン！　と置いたら、中身が噴水のように跳ね上がって客の高級そうなスーツにびしゃびしゃとかかり、もちろん怒られて、謝らなかったのでケンカになってクビになった。

マスターは最後まで、ニヤニヤしていた。最後まで、「自分の世界に酔ってる」私に、ダメとも悪いとも、何にも言わなかった。

社会が怖い。

私はこの頃、完全な「精神的ひきこもり」だった。

働かないんじゃない。本当は働けないわけでもない。ただ、自分に自信が無い。何かの拍子につまずいて、社会の中に、受け入れてもらえる自信がなくなっちゃったもんだから、そこから動き出せなくなる。人とのコミュニケーションを過剰に恐れるのは、最初っから自分の世界に閉じこもっているほうが、現実を見ないでいるほうが、ラクだからだ。他人を過剰にばかにするのも、「上」の人間を過剰に恐れるのも、本質的には一緒だ。どちらも、他人との接触によって見たくない現実を突きつけられることからの、逃避行為だ。

本当は、働きたい。でも、防空壕の中にいるうちは、安全だ。外は、怖い。爆弾がどんどん落とされている、はずだ、きっと。見たことないけど。

そうしているうちに、自分には価値がないと思いたくなくて、だんだん、周りをばかにしはじめる。

ふてくされて、自分の仕事をばかにするのも、本当は「自分はこんな仕事ごときをやっている人間じゃないんだぞ」って思ってるからだ。

そうやって、防空壕から出られなくなる。

自分と、他人をばかにしながら、頭蓋の中できりきりと舞いながら、それでも外に出られない。

私は社会とコミュニケーションがとれなくなっている人間の気持ちがよく分かる。ニート、ひきこもり。自分探しに夢中になっている人の、現実認識がちょっとおかしくなる感じ。彼らは自分の世界に酔ってるのだ。本当の現実があるのは分かっている。でも、そこに自分の膜を破って出て行くほどの自信がない。そんな自分はきっと、何をやってもダメなんだ……。そのジレンマに苦しみながら、自分の世界で自分を慰め続ける。本当は、自分で自分を小さな世界に閉じ込めているだけなのに。

テレビのコメンテーターからすると「幼稚な願望の表れ」かもしれないし、社会学者に言わせたらある種の病なのかもしれない。

でも、私はそれを笑えない。

母との関係を改善したのは、ちょうど、店を辞めた頃だった。

本当の意味で自由になった、と感じた。

それと同時に、ここから、自分で苦労して、やっていくしかない、そういう明るい諦めが襲ってきた。その諦めのさっぱりとした強さが、私の目を少しだけ、こじあけた。

仕方ない。

もう本当に、なにがどうなるか分からなくても、誰も担保してくれなくても、今、できることから始めるしかない。

この、しょぼい自分、しょうもない自分から、始めるしかない。

続くかどうか、上手く行くかどうかも何も分からないけれど、それでも、自分の世界に閉じこもっているよりは、マシだ。

私がその時唯一できること、それは、文章を書くことだけだった。

小さい頃から好きだったことだ。

私がずっと逃げ続けていた、本当の夢だ。


私は大学を卒業したくらいから、ブログを細々と書き続けていた。最初は有名人でもない自分が、世間の目に触れる所に何か物を書くのなんて、こっ恥ずかしくて、ごくごくたまーにしか、書かないようにしていた。

でも、生きて、生活していたら、嫌でも書きたいことは出てくる。ごはんたべて、おならして、風呂入って、セックスして、髪が伸びて、爪が伸びて、歯磨いて、恋愛して、たまにどっか行って。そうこうしているうちに、爪のあいだに垢が溜まるみたいに、歯の裏に歯垢がうっすら残るように、髪に脂がつもるように、書きたいことが少しずつ、身体から染み出してくる。私はその、染み出して来たものを、少しずつ、少しずつ、書き留めていた。別にお金になるわけでも、将来につながるわけでも、ないけれど。

少しずつ、本当に少しずつだけど、読者が増えていた。そのうち悩みや相談メールをもらうようになった。たまに、誰かが私のブログに言及してくれているのを見ると、嬉しくなった。現実的には、ただの精神的ひきこもりである。だけど、私にとっては、それが人生で初めての、社会とのつながりだった。人生で初めて、あ、ちゃんと手を伸ばして、社会とつながったな、という実感があった。

本当はもっと、文章を書いて、人に評価されたい。そう。本当は、人とつながりたい。孤独が好きだとか、働けないとか言いつつ、本当は社会に評価される方法で、人と関わり合いたい。

自分のしたいことと、社会からの評価としての「金を稼ぐ」ということを、一度、連結させてみよう。それでだめだったら、もう、諦めよう。私の中で、スイッチが切り替わった瞬間だった。内側から外側へ。帆船が、ぐるりと向きを変えて走り出すように。

私はようやく、ちゃんとやりたいことをやる、ということに向き合ったのだ。

私は母との別離を通じて、自分の人生を本当の意味で、引き受けはじめたのだと思う。それまで私は、母の暴力的な介入に怯えながらも、どこかで母に甘えていた。母の決定を待っていれば、全部、母のせいにできるからだ。「自分がなにもできないのは、母のせいだ」ということにして、私は現実から逃げていた。

あとになってみれば、ああ、ここに枷があったのだな、と思う。私は勝手に、自分に枷をかけていた。

「私は何もできない」という、〝何もしないための〟言い訳の枷を一つ、わたしは自分で外した。


書きたい。本当はもっともっと、自分の思っていることを表現したい。私は本当は、とても強欲な人間だった。その強欲さをカンダタの糸にして、私は外の世界へと出て行った。

身体の中に、ぱつんぱつんに言葉が溜まっていた。行き場のない言葉たちが、表面張力をつき破って、溢れて、広がってゆく。その波に乗れば、どこまでもゆける気がした。

そんな時、ブログを見てくれていたとある編集者さんから声をかけられて、私はライターとして、初めての仕事をもらった。

私はようやく、人生のスタート地点に立った。自分の頭の中の世界と、現実の膨大な社会。その二つが交わる地点に、ようやく辿り着いた。本当はそんなの、これまでだって、自分のすぐ横にあったのだけど。

自分の頭の中から出て、見た現実の社会は美しかった。自分の世界に酔っている時に見えていた社会は、醜く意地悪で、つらいものだった。実際は、誰もいじわるでもなんでもなかった。一見、理不尽につらいことも、よく見つめればその裏にはちゃんと理由があり、私はそれを一個一個、クリアするすべを、格闘しながら学んでいった。格闘するたびに、新しい社会の美しさに気づいた。共に一つのことに真剣に取り組むときの、他人の横顔の、美しさにも気づいた。

驚くのは、今の仕事の中に、一見、無駄だと思っていた、これまでの仕事の経験が、ちゃんと生きているということである。好きなことと言ったって、単体で成り立つわけではない。微分してみればいろんなことの繰り返しだ。企画を立てる、営業する、人の話を聞く、誰かと、協力する。

どんな職種の、どんなに無駄だと思っていた経験も、人生のどこかで、きちんと役に立つのだ。その不思議な結ばれ方に私はいつも驚く。これまで無駄だ無駄だと思っていたことが無駄じゃなかった、その人生という物のふてぶてしさというか、傲慢さというか図太さにいつも目を見開く。人生というのはどうしてか複雑にからまって、こういうふうになるものだというふうに世界と勝手に因果してゆくものらしく、その偶然さに「あ」と言うしかないのである。

目的なく海外を旅をすることをやめたのも、この頃だったように思う。これまでの私は、旅をすることで、現実をごまかしていた。旅は麻薬だ。ちょっとかっこいい自分になったような気がする。現実の自分からずれて、遠くに行ける気がする。以前の私はそうやって、旅の麻薬で現実の痛みをごまかしているところがあった。


ミシマ社に勤めていた時、三島さんに言われた一言で、忘れられない言葉がある。

「人生全部、旅にできる。就活も、仕事も、旅だよ」

三島さんも、旅が好きだった。会社の社長として、死ぬほど忙しいにもかかわらず、時間を作っては、タイとか、いろんなところにバックパック一つで旅に出ていた。

私は長いこと、その言葉の意味が分かっていなかった。仕事が旅と同じで、楽しいものなわけないじゃん、って思ってた。三島さんは、頭が良くて、自分の好きな仕事をやってるからでしょ、って思って、いじけていた。

三島さんはあの時、「ちゃんと目を開けば、未知の世界が君の周りに広がっているのに、なんで見ないの?」って言っていたのだ。

20代の君には、30代の人間にはない、たくさんの時間と経験を有する素地が余っているにもかかわらず、どうしてそれを切り落としていくの? どうしてそんなにもったいないことするの? って言われていたんだ、私は。でも、その言葉は届いていなかった。私はいつも、自分の頭の中にしか、いなかったのだから。

社会ってなんだろう。

私は、社会はその人の形をしていると思う。

「ルビンの壺」という有名な絵がある。あの、見る視点によって、壺にも見えるし、向かい合わせの人の顔にも見える、というあれだ。

私は、社会もそういうものだと思う。社会は、その人自身を反転させた、外側の形をしている。

その人がギザギザであれば、社会もとんがってギザギザになる。その人が丸い形をしていれば、社会の輪郭も、優しい形をして、その人の目に映る。

けれど、そのことにはなかなか気づけない。自分の外側には、視点は置けないから。

以前の私は、自分自身がギザギザと他人を威嚇《いかく》し、無視し、蹴散らしていることに気づいてなかった。それなのに、社会って厳しいとか、つまんないとか、面白くないって文句を言っていた。

「仕事はそういうものだからしょうがない」と言う人にとっては、仕事は、社会は、そういうものなのだ。その人にとっての他人との関わり方は、そういうものだというだけのことだ。

社会の形を決めるのは、いつだって、自分自身だ。

今だって仕事のことはよく分からない。世界の全貌は分からないし、自分が何者であるかもよく分かっていない。

しかし、分からないことに怯えているよりも、他者と出会って、それを更新し続けるほうが、面白いと思うのだ。

そう面白いと感じられる自分が、防空壕の中で怖い怖いと言っていた私の中に、眠っていた。私はそのことを嬉しく思う。そしてそれは、きっと、誰の中にも、あると思う。

仕事が分からない。そう悩む若い人の中に、きらきらふるえるその力が横たわっているのが見える時がある。鱗粉《りんぷん》のように、かすかに発光して、その人の皮膚から立ち上っている。自分の世界に繭のようにくるまれて、動きだせないその人の中に、新しい力は、眠っている。

社会はうつくしい。そのままでも、醜くても、不完全でも。

動くことそれ自体がうつくしい。揺らぐからうつくしい。だから安心して、そこに出てきてほしい。世界の見方は自分自身が更新するのだ。

あまねく、他人とともに。

この作品は書き下ろしです。原稿枚数350枚（400字詰め）。

傷口《きずぐち》から人生《じんせい》。

メンヘラが就活《しゅうかつ》して失敗《しっぱい》したら生《い》きるのが面白《おもしろ》くなった

小野美由紀《おのみゆき》

平成27年2月10日　初版発行

発行人——石原正康
編集人——永島賞二
発行所——株式会社幻冬舎
〒151-0051東京都渋谷区千駄ヶ谷4-9-7
電話　03(5411)6222(営業)
03(5411)6211(編集)
振替00120-8-767643
印刷・製本—図書印刷株式会社
装丁者——高橋雅之

検印廃止
万一、落丁乱丁のある場合は送料小社負担でお取替致します。小社宛にお送り下さい。

定価はカバーに表示してあります。

幻冬舎文庫

ISBN978-4-344-42304-6　C0195　お-44-1

幻冬舎ホームページアドレス　http://www.gentosha.co.jp/
この本に関するご意見・ご感想をメールでお寄せいただく場合は、
comment@gentosha.co.jpまで。